اپنی آگ اپنا گھر

(افسانے)

ابنِ کنول

Apni Aag apna Ghar (Short Stories)

by: Ibne Kanwal

Edition: January '2026

Publisher :

Taemeer Publications LLC (Michigan, USA / Hyderabad, India)

ISBN 978-93-6908-957-4

کتاب	:	**اپنی آگ اپنا گھر** (افسانے)
مصنف	:	**ابنِ کنول**
بہ تعاون	:	الف یار ڈاٹ کام ویب سائٹ
صنف	:	فکشن
ناشر	:	تعمیر پبلی کیشنز (حیدرآباد، انڈیا)
سالِ اشاعت	:	۲۰۲۶ء
صفحات	:	۹۲
سرورق ڈیزائن	:	تعمیر ویب ڈیزائن

فہرست

پیش لفظ

ابنِ کنول کے افسانوی جہان میں زندگی ایک مسلسل کشمکش، سوال اور احتجاج کا نام ہے، اور افسانہ اس کشمکش کو بیان کرنے کا سب سے موثر اور خوب صورت وسیلہ۔ وہ داستان کی جمالیات، جدید افسانے کی فنی سادگی، اور سماجی و سیاسی شعور کو اس طرح باہم آمیز کرتے ہیں کہ قاری ایک ہی وقت میں قصہ بھی پڑھتا ہے، تاریخ کی راکھ بھی دیکھتا ہے اور اپنے عہد کے کرب کو بھی محسوس کرتا ہے۔ ابن کنول کے یہاں موضوع صرف کوئی ایک طبقہ یا ایک سانحہ نہیں، بلکہ انسان ہے— وہ انسان جسے کبھی مذہب، کبھی زمین، کبھی سرمایہ، کبھی لال فیتہ شاہی، کبھی جنگ اور کبھی نفرت کی سیاست اپنی لپیٹ میں لے لیتی ہے۔ ان کے افسانوں میں گاؤں اور شہر، زمین دار اور مزدور، سرحد اور سمندر، جلتے ہوئے گھر اور بند راستے سب اس بڑے سوال کے استعارے ہیں کہ آخر یہ زمین کس کی ہے، اور انصاف کی آگ کب تک صرف کمزوروں کے حصے میں آئے گی۔

"اپنی آگ اپنا گھر" کے پہلے افسانے میں ایک بستی پر شب خون، مشعلوں کی

روشنی میں جلتے ہوئے مکان، چیختے ہوئے بچے، راکھ میں بدلتے گھر اور پھر سرحدوں پر دھتکارے گئے بے گھر قافلے اس طرح سامنے آتے ہیں کہ قاری کو محسوس ہوتا ہے جیسے ظلم کی آگ صرف مکانوں کو نہیں، انسان کے اندر کے یقین کو بھی جلا چکی ہو۔ جب یہ لوگ سمندر کو آخری پناہ گاہ سمجھ کر خود کو لہروں کے حوالے کرنا چاہتے ہیں تو ایک بزرگ کی آواز انہیں یاد دلاتی ہے کہ خودکشی فرار ہے، اصل راستہ یہ ہے کہ اپنی آگ کو احتجاج اور جدوجہد میں بدل کر اسی زمین پر اپنا حق قائم کیا جائے، جو سب کی مشترکہ میراث ہے۔ دوسرے افسانے میں غیبی طاقت رکھنے والا ایک شخص جس معاشرے کو درست کرنے نکلتا ہے، وہاں اسے عصمت دری، معصوم بچوں پر ظلم، جہیز کے نام پر جلتی ہوئی عورتیں اور ہر طرف درندگی نظر آتی ہے؛ آخرکار وہ فیصلہ کرتا ہے کہ سب سے گھناؤنا منظر خود اسی کا اپنا وجود ہے، اور غصے میں اپنی ہی ہتھیلی کو جلا دینے کا تصور کرتا ہے، یوں اپنی ذات کو بھی سماجی جرم کا شریک قرار دیتا ہے۔

ایک اور کہانی "بند راستے" میں جنگ زدہ شہر، امن پسند فوج کے پہرے، ہر موڑ پر چنگاریاں اگلتے ہتھیار اور ایک ایسا باپ سامنے آتا ہے جو صرف اتنی خواہش رکھتا ہے کہ اپنی بچی کو ربڑ کی گڑیا دلائے اور نئے کپڑوں میں دیکھے، مگر ہر دفعہ گلی میں نکلنے کی کوشش خون اور آگ کے نئے دھماکے میں بدل جاتی ہے۔ وہ اپنے جلے ہوئے مکان کے ملبے میں بیوی اور بچوں کو تلاش کرتے کرتے، ہاتھ میں بندھی گڑیا کو مضبوطی سے تھامے، خود ایک اور لاش میں تبدیل ہو جاتا ہے، اور شہر پھر ایک بار جلتے ہوئے جسموں کا منظر بن جاتا ہے۔ دیگر افسانوں میں کہیں لال فیتہ شاہی، کہیں

کرپٹ افسر شاہی، کہیں سرمایہ دارانہ نظام اور کہیں مذہبی و لسانی نفرت کے بیچ عام آدمی کا کچلا ہوا وجود دکھائی دیتا ہے، جو کبھی اندر سے ٹوٹ کر خود کو ہی جلا دینا چاہتا ہے، اور کبھی اپنی ہی آگ سے اپنا گھر دوبارہ بسانے کا عزم کرتا ہے۔

یوں اس مجموعے کے نو افسانے ابن کنول کے اس تخلیقی وژن کو ظاہر کرتے ہیں جس میں داستانوی اسلوب، قصہ پن، اساطیری اشارے، اور سخت حقیقت نگاری سب مل کر قاری کو یہ احساس دلاتے ہیں کہ اگر آگ ظالموں کی ہے تو ایک آگ مظلوم کے اندر بھی سلگتی ہے، جو کسی دن احتجاج، انقلاب اور نئی تعمیر میں بدل سکتی ہے۔

ا

تیسری دُنیا کے لوگ

رات قبر کے اندھیرے کی طرح تاریک اور خاموش تھی۔ چہار طرف مہیب سناٹا چھایا ہوا تھا۔ تھکے ہارے جسم زلفِ شب کی گھنی چھاؤں میں پناہ لے کر عالمِ خواب میں مست و سرشار تھے کہ اچانک چاروں سمتیں شفق کی طرح سرخ ہو گئیں۔ رفتہ رفتہ وہ تمام روشنیاں نزدیک آتی گئیں۔ ایک ہجوم تھا جو طوفانی لہروں کی طرح بڑھ رہا تھا۔ موجوں کے شور کی سی آوازیں اس روشنیوں کے ہجوم سے اٹھ رہی تھیں۔ وہ روشنیاں شعلے اُگلتی ہوئی مشعلیں تھیں۔ جب وہ خوفناک آوازیں نکالتا ہوا ہجوم بستی کے نزدیک آیا تو انہوں نے آگ برساتی ہوئی مشعلوں کو مکانوں کے اُوپر پہنچا دیا اور چلّانے لگے۔

"مارو۔۔۔۔۔ ختم کر دو۔۔۔۔۔ بھاگو۔۔۔۔۔۔۔۔ چھوڑو۔۔۔۔۔۔۔ یہ زمین ہماری ہے ۔۔۔۔۔ یہاں صرف ہم رہیں گے ۔۔۔۔۔۔ہماری زمین خالی کرو۔۔۔۔۔۔۔"

یہ آوازیں شعلوں کو بھڑکا رہی تھیں اور شعلے لمحہ بہ لمحہ آسمان سے ہم کنار ہوتے جا رہے تھے۔ جلتے ہوئے مکانوں کے خوابیدہ مکیں شب خون نے بچنے کے

لیے اپنے مکانوں سے باہر نکلے کہ ان پر حملہ آوروں نے تیر برسائے جو ان نہتے اور بے گھر افراد کے جسموں کو چیرتے چلے گئے۔ بچوں، عورتوں اور مردوں کی مظلوم چیخوں نے فضا کو ماتم کدہ بنا دیا۔ ذرا سی دیر میں پوری بستی جل کر راکھ اور چنگاریوں میں تبدیل ہو گئی اور ایسا شمشان بن گئی جہاں زندہ لوگوں کی ارتھیاں جلائی گئی ہوں۔ جب اس ہجوم کے افراد کو یقین ہو گیا کہ اب ان جلے ہوئے مکانوں میں سوائے سسکیوں کے کوئی زندہ آواز نہیں، جو سر بغاوت بلند کر سکے تو وہ سب وہاں سے صبح کے تاروں کی طرح غائب ہو گئے۔

اور جب آفتاب نے اپنے رُخ پُر نور سے نقاب ہٹائی تو لہو کی سُرخی پوری جلی ہوئی مُردہ بستی پر پھیل گئی۔ اس وقت ان لوگوں نے جو اس شب خون سے بچ گئے تھے آفتاب کی روشنی میں اپنے جلے ہوئے گھروں اور مُردہ عزیزوں کو دیکھا۔ وہ نام نہاد زندہ لوگ تعداد میں اس قدر کم تھے کہ انگلیوں پر شمار کیے جا سکتے تھے۔ وہ سب بے یار و مددگار، مجبور و لاچار اپنے ٹوٹے ہوئے جسموں کو ہمت کی بیساکھیوں کے سہارے اُٹھا کر یکجا ہوئے۔ زید نے یوں استفسار کیا۔

"کیا تم لوگوں میں سے کوئی جانتا ہے کہ میرا گھر کہاں ہے؟ میرے بچے کہاں چلے گئے ہیں؟"

"ہاں! رات کے اندھیرے میں مشعلوں کی تیز روشنی میری آنکھوں کی روشنی لے گئی۔"

" کتنا اچھا ہوتا کہ تمہاری طرح آگ کے شعلے میری آنکھوں میں بھی اُتر جاتے اور میری بینائی بھی ختم ہو جاتی ۔۔۔" حارث نے پُر درد لہجے میں اظہار

افسوس کیا۔

"تم ایسا کیوں سوچتے ہو۔۔۔آنکھیں خدا کی نعمت ہیں۔" زید اپنی محرومی پر ملول ہوا۔

"اے زید تم بہت خوش قسمت ہو کہ تم دیکھ نہیں سکتے اور میں کتنا بد قسمت ہوں کہ سب کچھ اپنی آنکھوں سے دیکھ رہا ہوں۔"

"تم کیا دیکھ رہے ہو؟" زید نے پھر سوال کیا۔

"کیا تم سن سکو گے؟"

"ہاں! اب صرف سننے کی طاقت تو باقی بچی ہے، تم بیان کرو۔"

"میں دیکھ رہا ہوں، میرا گھر جل چکا ہے۔ اُس کی راکھ سے اب بھی دھواں اُٹھ رہا ہے۔ میرا باپ میری ماں اور میری بیوی کے جسم آگ کے شعلوں کی نذر ہو چکے ہیں۔ میرے بچّوں کے جسم خون میں لتھڑے ہوئے ہیں "

"خدا تمہیں صبر عطا فرمائے۔" زید نے دعا دی۔

"صبر کے سوا چارہ بھی کیا ہے۔"

"کیا تم میرے گھر اور بچوں کے بارے میں بتا سکتے ہو۔" زید آنکھوں کی تکلیف بُھولے ہوئے تھا۔

"کس کا گھر ------- کس کے بچّے ------- یہاں تو کوئی گھر نہیں ----کسی کے بچے نہیں ہیں۔"

"کیا سب کچھ ختم ہو گیا؟"

"نہیں ابھی تو سب کچھ موجود ہے۔ جلے ہوئے مکانوں کی راکھ ختم نہیں ہوئی

ہے۔ سب کی لاشیں ابھی یہیں موجود ہیں۔ اٹھائے گا بھی کون انہیں۔ کون انہیں دفن کرے گا۔ دفن کرنے والے خود انہیں لاشوں میں دبے ہوئے ہیں۔ ہاں جانور کھائیں گے۔ اب تو آنے بھی لگے ہیں۔"

"اور تم دیکھ رہے ہو؟" زید نے غصّہ میں کہا۔

"کر بھی کیا سکتا ہوں۔"

"انہیں لاشوں سے دور کرو۔"

تم سمجھتے ہو ہم سب زندہ ہیں۔ نہیں ہم سب بھی تمہاری طرح مر چکے ہیں۔ ہمارے جسم آدھے جسم ہیں۔ گزشتہ رات سب کو اَدُھورا کر گئی ہے۔"

" معاف کرنا میں نے تم پر غصّہ کیا۔" زید کو اپنے غصّہ پر شرمندگی کا احساس ہوا۔ "افسوس کیوں کرتے ہو۔ ہم سب کے پاس اس کے سوا کچھ بھی نہیں کہ ایک دوسرے پر غصہ کر کے دل کا بوجھ ہلکا کریں۔"

زید خاموش ہو گیا، پھر اس نے کوئی سوال نہیں کیا۔

وہ سب اَدُھورے لوگ سوچ رہے تھے کہ اب کیا کریں کہ ایک نوجوان نے کہا:

"چلو! ہم سب ان لوگوں سے انتقام لیں۔"

"تم ایسا نہیں کر سکو گے کہ تم تعداد میں ۲۷ بھی نہیں۔" ضعیف العمر مونس نے کہا۔

"پھر ہم کیا کریں۔" ان سب نے سوال کیا کہ ان کے ذہن مفلوج ہو چکے تھے فیصلہ کرنے کی قوت ختم ہو گئی تھی۔ سب خود کو محتاج و معذور محسوس کر رہے

تھے۔

"ہم سب اپنے پڑوس کی بستیوں میں چلیں اور حال بیان کریں۔ شاید ہماری مصیبتوں کا کچھ حل نکلے اور ہمیں پتہ ملے۔"

سب نے متفقہ طور پر اس رائے کو تسلیم کیا اور وہ حیرت و یاس سے جلے ہوئے مکانوں اور جسموں کو دیکھتے ہوئے وہاں سے چل دیے۔ کچھ دور پہنچے تھے کہ ایک تباہ حال مختصر سے قافلے سے ملاقات ہوئی۔ بوڑھے مونس نے معلوم کیا کہ تم لوگ اس حال کو کس طرح پہنچے۔ انہوں نے وہی حال بیان کیا جو گزشتہ رات اُن پر بھی گزر چکا تھا۔ ان کے گھروں اور ان گھروں میں رہنے والے افراد کو بھی زندہ جلایا گیا تھا۔ سب نے اظہار افسوس کیا۔ اور وہ کر بھی کیا سکتے تھے کہ سب کا حال ایک ہی تھا۔ چند ساعت نہ گزریں تھیں کہ ایک اور قافلہ ان سے آملا۔

پھر ایک اور۔

ایک اور۔

ایک اور۔

وہ سب ہی اپنی بستیوں کی راکھ کو سلگتا ہوا اور عزیزوں کے جسموں کو بے کفن چھوڑ کر آئے تھے۔

اب پھر وہی مسئلہ پیدا ہوا گیا تھا کہ اب کیا کریں۔ کہاں جائیں۔ بچے ہوئے نوجوانوں کا جوش انتقام لینے کیے لیے اکسا رہا تھا، لیکن معمر اور بزرگ لوگ بچوں اور عورتوں کی موجودگی میں انہیں اس فعل سے روک رہے تھے کہ اس میں اپنی ہی تباہی ڈر تھا۔

بہت دیر تک وہ سب سوچتے رہے اور پھر وہ اس بات پر تیار ہو گئے کہ ہم اپنے ملک واپس چلیں کہ جہاں سے چند برس پہلے یہاں آئے تھے۔ شاید ہمیں اپنے پرانے مکان مل جائیں۔ اسی امید کو لے کر وہ اپنے ملک کی سرحد کی طرف چل دیے لیکن جب وہ اپنے ملک کی سرحد پر پہنچے تو سرحد داروں نے انہیں روک دیا کہ اب تم لوگ اس ملک میں نہیں آسکتے۔ یہ ملک اب تمہارا نہیں رہا۔

"پھر ہم کہاں جائیں؟ جس ملک میں ہم پناہ تلاش کرنے کے لیے آئے تھے، وہاں کے لوگوں نے ہمیں پناہ نہیں دی۔ ہمارے گھروں کو جلا دیا۔ ہمارے بھائیوں کو جانوروں کی طرح قتل کر ڈالا۔"

"ہم نہیں جانتے کہ تم کہاں جاؤ، لیکن ہمارے ملک کے راستے تمہارے لیے بند ہیں۔ تم جہاں چاہو جا سکتے ہو۔ دُنیا بہت بڑی ہے۔" سرحد داروں نے تلخ لہجہ میں کہا۔

"لیکن دنیا ہمیں اس لیے قبول نہیں کرتی کہ ہم تمہارے ملک کے رہنے والے ہیں۔"

"تمہارا اب اس ملک سے کوئی تعلق نہیں یہاں سے جاؤ۔ جہاں جا سکتے ہو سمندر کی لہریں بڑے بڑے قافلوں کی پناہ دینے کے لیے تیار ہیں"

سرحد داروں نے انہیں دُھتکار دیا، اور وہ بے گھر افراد مایوس ہو کر وہاں سے لوٹ گئے۔ بہت دن تک وہ اِدھر اُدھر بھٹکتے رہے۔ جنگلوں اور پہاڑوں میں پناہ ڈھونڈنے لگے۔ لیکن اُن لوگوں نے کہ جنہوں نے اُن کے گھروں کو جلایا تھا، اس دشت نوردی میں بھی سکون نہ لینے دیا۔ رفتہ رفتہ ان کی تعداد اور کم ہوتی چلی گئی اور

جب وہ ہر طرف سے مجبور ولاچار ہوگئے تو سرحد دار کی اس بات پر غور کرنے لگے کہ کیا واقعی سمندر کی لہریں ہماری آخری پناہ گاہ ہیں۔ ان سب نے پھر فیصلہ کیا کہ بہتر ہے کہ ہم سب لوگ خود کو سمندر کے حوالے کر دیں۔ شاید زمین ہمارے لیے تنگ ہو چکی ہے۔ اور یہ سوچ کر سب نے سمندر کی راہ لی۔ سمندر کی طوفانی لہروں کو دیکھ کر خوف محسوس ہوا، لیکن اپنی بے کسی اور بے بسی کو یاد کر کے اس خوف کو مغلوب کیا اوجب ان سب نے خود کو سمندر کی لہروں کے حوالے کرنے کے لیے تیار کر لیا تو ایک آواز آئی۔

"ٹھہرو! تم سب بزدل ہو کیا تم نہیں جانتے خودکشی کرنا حرام ہے۔"

سب نے مڑ کر دیکھا ایک درازالعمر، سفید ریش بزرگ ان سے مخاطب تھا۔

"ہاں۔ ہم جانتے ہیں لیکن خدا کی یہ زمین ہم پر تنگ ہو چکی ہے اور آسمان سے ہمارا رشتہ ٹوٹ چکا ہے۔ ہم اپنے معصوم بچوں کو ذبح ہوتے ہوئے اور عزیزوں کے جسموں کو آگ میں جلتے ہوئے نہ دیکھ سکے اور خدا دیکھتا رہا۔ ہم نے آسمان سے رحم کی بھیک مانگی لیکن ہمارے دامن میں دہکتے ہوئے انگارے آئے۔ اب ہم کیوں آسمانی احکامات پر عمل کریں۔ اب سوائے اس سمندر کے ہمارے لیے کوئی پناہ گاہ نہیں۔ کیا خدا نہیں جانتا کہ ہم پریشان حال ہیں؟" سب نے بہ یک آواز کہا۔

"خدا سب کچھ جانتا ہے۔ اسی لیے اس نے مجھے تمہارے پاس بھیجا ہے کہ میں تمہاری رہبری کروں، تمہیں صحیح راستہ بتلاؤں۔"

"نہیں، اب ہمیں کسی کی رہنمائی کی ضرورت نہیں۔ اُس وقت تم کہاں تھے جب ہماری عورتوں اور ہمارے بچّوں کے بدن دہکتی ہوئی آگ میں جھلس رہے تھے

اور ان کی چیخیں آسمان سے ٹکرا رہی تھیں۔ کیا تم نے کبھی اپنے دل کے ٹکڑوں کو آگ میں جلتے ہوئے دیکھا ہے اس وقت کے کرب کو محسوس کیا ہے۔ شاید جہنم کا منظر بھی اتنا کربناک نہیں ہوگا کیوں کہ وہاں کوئی شخص اپنے جلتے ہوئے عزیز کو پہچانے گا نہیں۔ بہتر ہوگا کہ تم ہمارے راستے سے ہٹ جاؤ۔ ایسا نہ ہو کہ ہم کوئی گستاخی کر بیٹھیں۔" وہ سب غصّہ کی حالت میں کانپ رہے تھے۔

"تم ابھی غصہ میں ہو اور جو کچھ کر رہے ہو اس کے انجام سے ناواقف ہو۔" اس بزرگ کے لہجہ میں شفقت تھی۔

"تم نافہم ہو۔ تم چاہتے ہو کہ تمہارے بعد اور بستیاں جلیں اور تمہاری طرح ان بستیوں کے لوگ بھی خود کو سمندر کے حوالے کر دیں اور یہ سلسلہ چلتا رہے۔"

"آخر تم چاہتے کیا ہو؟ اگر خدا ہماری مدد نہیں کرتا تو ہمارے فعل سے ہمیں روکتا کیوں ہے؟" ان کے غصّے میں جھنجھلاہٹ پیدا ہو گئی تھی۔

" یہ زمین تو لوگوں کے لیے بنائی گئی لیکن تم نے اسے بانٹ لیا۔ تم نے اس زمین پر خونریزی کی، شر پھیلایا، کیا اب بھی تم خدا سے امید کرتے ہو کہ وہ تمہاری مدد کرے گا۔ اس نے تمہیں زمین پر خود مختار بنایا، پھر وہ کیوں تمہاری مدد کرے"

"اپنے اسی اختیار کو استعمال کرتے ہوئے ہم خودکشی کر رہے ہیں۔"

"لیکن خودکشی کرنا زندگی سے فرار ہے اور زندگی سے فرار کم ہمتی اور بُزدلی ہے۔ کیا تم بزدل ہو؟"

پیر مرد نے استفسار کیا۔

"نہیں۔ لیکن ہم مجبور ہیں۔"

" مجبوری کم ہمتی کا دوسرا نام ہے۔ جاؤ اپنا حق مانگو۔ یہ زمین تم سب کے لیے ہے۔"

"لیکن ہم تعداد میں کم ہیں اور بے یا و مددگار ہیں۔"

" تم تین سو تیرہ سے زیادہ ہو۔ کیا تم تین سو تیرہ کی فتح کے بارے میں نہیں جانتے۔ وہ سب بھی بے یارو مددگار تھے۔"

پیر مرد کی باتیں سُن کر سب نے گردنیں جُھکا لیں کہ وہ سب نادم تھے اور جب انہوں نے ندامت کے بوجھ سے دبی ہوئی گردنیں اٹھائیں تو اس بزرگ کو وہاں موجود نہیں پایا۔ لیکن ان کے مضمحل چہروں پر تازگی اور جوش پلٹ آیا تھا۔ سب نے ایک دوسرے کی طرف دیکھا اور بلند آواز سے کہا۔

" آؤ ہم سب اپنے جلے ہوئے مکانوں سے نئے مکان پیدا کریں ہم سب ان کے خلاف جنگ کریں، جنہوں نے زمین کو بانٹ لیا ہے۔ زمین ہم سب کی ہے۔" اور اس نئے عزم کے ساتھ وہ سب اپنی بستیوں کی طرف لوٹ گئے۔

***

۲

گرم سُوٹ

تکیہ پر نئے غلاف کی طرح وہ اپنے بدن پر نیا سوٹ چڑھا کر کمرے سے باہر آیا خوشی سے اس کی باچھے کھلی جارہی تھیں۔ آج عرصۂ دراز کی آرزوئے دِلی عملی جامہ زیب تن کر کے اس کے روبرو آئی تھی۔ اپنی بے انتہا مسرتوں کو اُچھالتے ہوئے اس نے رسوئی میں بیٹھی ہوئی شانتا کو آواز دی۔

"اے شانتا ذرا جلدی سے اِدھر تو آ۔ بتا میں کیسا لگتا ہوں۔"

توے پر پراٹھا چھوڑ کر شانتا اس طرح تیزی سے اٹھ کر صحن میں آئی جیسے میکے سے کسی کے آنے کی خبر ملی ہو۔ آتے ہی دونوں ہاتھوں کی ہتھیلیوں کو اس کے چہرے پر پھیر کر دسوں انگلیوں کو ایک ساتھ چٹخایا اور جلدی سے اپنے چہرے کو ہاتھوں سے چھپالیا۔ "ہائے رام کہیں میری نظر نہ لگ جائے۔ زبان سے تو کہا بھی نہیں جاتا کہ تم کیسے لگتے ہو۔"

"ہٹ پگلی تیری نظر بھلا مجھے کیوں کھانے لگی۔" اس نے شانتا کے دونوں ہاتھوں کو اس کے چہرے سے ہٹاتے ہوئے کہا۔ شانتا نے ایک بار پھر سر تا پا اسے بنظر غور دیکھا اور شرما سی گئی۔ جیسے آج پہلی بار اس کا دولہا اس کے سامنے آیا ہو۔ وہ

کھڑا مسکرا رہا تھا اور خود بار بار اپنے جسم پر نظر دوڑا رہا تھا جیسے اس کے چہرے پر کوئی اجنبی جسم لگا دیا گیا ہو۔ شانتا نے بڑھ کر طاق میں رکھی ہوئی کاجل کی ڈبیا سے اپنی انگلی پر کاجل لے کر اس کے ماتھے پر لگا دیا تاکہ وہ نظر بد سے محفوظ رہے۔ رسوئی سے جب پراٹھے کے جلنے کی بُو آئی تو اسے خیال آیا کہ پراٹھا توے پر ہی دوڑ کر رسوئی میں واپس گئی۔ راجیش نے اپنے آپ کو سنوارتے ہوئے کہا۔

"اچھا شانتا میں چلتا ہوں۔ شام کو واپسی میں تمہارے لیے مٹھائی لاؤں گا۔"

شانتا نے توے کو نیچے اتارا اور ایک پیالہ میں دہی لے کر باہر آئی۔

"لو یہ دہی کھالو کسی کی بری نظر نہیں لگے گی۔"

اس نے دہی کھایا، ایک بار پھر آئینہ اٹھا کر اوپر سے نیچے تک دیکھا اور کام پر جانے کے لیے دروازے سے باہر آیا۔ شانتا دروازے پر کھڑی ہوئی اس وقت تک دیکھتی رہی جب تک وہ نظروں سے اوجھل نہ ہو گیا۔

راجیش ایک سرکاری آفس میں معمولی کلرک تھا۔ ایک مدّت سے ان کی خواہش تھی کہ وہ ایک گرم سوٹ سلوائے۔ تین سال پہلے جب اس کی شادی ہوئی تھی تو اسے یقین تھا کہ شادی میں ضرور اُسے سُوٹ ملے گا کیوں کہ اس کے اکثر ساتھیوں کی شادی میں سوٹ ملے تھے لیکن وہاں بھی اسے مایوسی ہوئی ایک دن اس نے شانتا سے بھی کہہ دیا تھا۔

"شانتا کیا ہمارے بھاگیہ میں دوسروں کے اُترے ہوئے پُرانے کوٹ ہی لکھے ہوئے ہیں۔ مجھے یاد نہیں کہ کبھی نیا کپڑا لے کر کوٹ سلوایا ہو، ہمیشہ پرانا کوٹ خرید کر ٹھیک کرایا۔ کیا نئے کپڑے بڑے لوگوں کے لی ہی بنتے ہیں۔"

" ایسے نراش کیوں ہوتے ہو جی ! آج پرانا دیا ہے تو ایک دن بھگوان نیا بھی دے گا۔" شانتا نے دلاسا دیا تھا۔

" جانے وہ کون سا دن ہو گا شاید اس جنم میں نہیں برسوں سے میرا دل چاہتا ہے کہ ایک نیا سوٹ بنواؤں لیکن یہاں کھانا ہی بڑی مشکل سے ملتا ہے سوٹ بھلا کیسے بنے گا۔"

اس دن کے بعد سے شانتا نے قطرہ قطرہ جمع کر کے دریا بنانے کا مصمم ارادہ کر لیا۔ اسے کئی عورتوں کی یہ باتیں بھی یاد تھیں کہ اب تو غریب سے غریب کے یہاں شادی میں سوٹ دیا جاتا ہے۔ یہ بات اسے بہت چبھتی تھی۔ اور جب وہ قطرات دو سال کے عرصہ میں دریا کی شکل میں سامنے آئے تو وہ خاموشی سے ایک دن راجیش کو لے کر بازار گئی اور اس کے لیے سوٹ کا کپڑا خرید کر درزی کے سپرد کیا۔ راجیش کو خود حیرت تھی کہ اتنے سارے روپے اس نے کیسے جمع کر لیے۔ جس روز سوٹ، سِل کر آنا تھا دونوں اس دن کا بڑی بے چینی سے انتظار کر رہے تھے۔

سوٹ پہن کر سڑک پر چلنا اسے عجیب سا لگ رہا تھا جیسے وہ سوٹ کی توہین کر رہا ہو، بار بار سوٹ کو دیکھنے کے سبب ایک آدھ بار اسے ٹھوکر بھی لگی اور وہ گرتے گرتے بچا، بس اسٹاپ پر بھیڑ دیکھ کر اس کے ذہن میں یہ خیال اُبھرا کہ بھیڑ کے ساتھ بھری ہوئی بس میں چڑھنے سے سوٹ مَسل جائے گا کیوں نہ اسکوٹر سے جاؤں۔ لیکن اسکوٹر میں تو اچھے خاصے روپے لگ جائیں گے۔ اتفاق سے ایک بس کچھ خالی سی آئی جس میں اُسے سیٹ بھی بآسانی مل گئی لیکن بس میں چڑھتے وقت جب ایک دیہاتی آدمی کا جوتا اس کی پینٹ سے ٹکرایا تو راجیش نے اسے جھڑک

دیا۔

"دیکھ کے نہیں چڑھتا ہے۔ دوسرے کے کپڑے خراب ہوتے ہیں۔" یہ کہہ کر اُس نے رومال سے پینٹ صاف کی جب کہ پینٹ پر ذرا بھی مٹی نہیں لگی تھی۔ راستے بھر وہ منظر آنکھوں میں سجاتا رہا کہ دفتر پہنچتے ہی سب اس کی طرف دیکھنے لگیں گے، مبارک باد دیں گے۔ صاحب بھی اُس کے سوٹ کی تعریف کریں گے۔ ان پر تو کئی گرم اور ٹھنڈے سوٹ ہیں۔ بس سے اُتر کر وہ اس طرح آفس کے گیٹ کی جانب بڑھا جیسے اپنی کار سے اتر کر صاحب جا رہے ہوں۔ گیٹ پر دھرمو نے اس کا پُرجوش استقبال کیا۔

"نمستے صاحب۔۔۔۔۔۔ آج تو نجر (نظر) ناہیں ٹکت۔ بہت جور دار (زوردار) ہے۔" وہ بزرگانہ انداز میں مسکرایا اور اس کے سلام کا جواب دیکر آگے بڑھا۔ جیسے ہی وہ کمرے میں داخل ہوا۔ ایک دم اس کے سب ساتھی کرسیوں سے اٹھ کھڑے ہوئے۔ وہ جھینپ سا گیا۔ کرسیوں سے اُٹھے ہوئے لوگ ایک ایک کر کے اس کی قریب آگئے جیسے اُس کے منتظر تھے۔

"ارے واہ۔۔۔۔۔۔۔ کیا سوٹ مارا ہے کہاں سے مار دیا۔ جواب نہیں۔"

"مبارک ہو راجیش بابو۔ مٹھائی بھی لائے ہو۔"

"ویسے یار بالکل صاحب لگ رہے ہو۔ کہاں سے خریدا۔"

"کوئی صاحب انعام میں دے گئے ہوں گے۔"

"لگتا ہے سنڈے مارکیٹ کی دین ہے کبھی کبھی تو بڑا اچھا مال مل جاتا ہے وہاں۔"

"اور کیا یہ بڑے لوگ تو نئے نئے کپڑے یونہی دو چار دن پہن کر اتار پھینکتے ہیں۔"

"ارے یار ذرا درزی سے فٹ کرا لو تو بالکل نیا سا لگتا ہے۔"

"ویسے یار تم قسمت والے ہو پورا سوٹ مل گیا بالکل نیا سا لگتا ہے۔ گیا تو میں بھی تھا پچھلے اتوار کو کتنے کا ملا۔"

وہ ان سب کے کلمات طنزیہ کا جواب دیے بغیر صاحب کے کمرے کی طرف بڑھا۔ اندر سے جے رام کی آواز آرہی تھی۔

"صاحب کچھ دن پہلے جو آپ کی درواز سے روپے غائب ہوئے تھے لگتا ہے راجیش کے ہاتھ لگ گئے نیا سوٹ سلوایا ہے۔ اپنی تو عمر گذر گئی تنخواہ بھی اس سے سو روپے زیادہ ہے لیکن کبھی نیا کوٹ بھی نہ سلوا سکے۔"

یہ جملے اس کے کانوں میں گرم شیشے کی طرح پہنچے۔ وہ چیخ پڑا۔

"نہیں۔۔۔۔۔۔۔۔ نہیں۔۔۔۔۔۔۔۔ یہ سب جھوٹ ہے۔" اس نے اپنے جسم سے بکرے کی کھال کی طرح کوٹ اُتارا اور تیزی سے باہر کی طرف بھاگا دَھر مُو کے قریب پہنچتے پہنچتے وہ اُلجھ کر گر گیا۔ اس کے ٹھیک اوپر دیوار پر ٹنگا ہوا دَھر مُو کا خاکی سوٹ ہوا کے جھونکوں سے اِدھر اُدھر جھول رہا تھا۔

***

۳

خانہ بدوش

گذشتہ ستر سال سے بلال کی اذان کی آواز اس کے کانوں میں گونج رہی تھی اور اس آواز کے ساتھ وہ صلاۃ اور فلاح کی طرف دوڑ پڑتا تھا۔ پہلی اذان کی آواز اس نے اس وقت سنی تھی جب ماں کے بدن سے الگ ہو کر باپ کی گود میں آنکھیں کھولی تھیں۔ خدا کی وحدانیت، رسول کی شہادت اور فلاح کی جانب بڑھنے کا یہ پہلا سبق تھا اور اس سبق کو وہ ستر سال تک دہراتا رہا جس کے سبب اس کی پیشانی کے درمیان سیاہ نشان نمودار ہو گیا تھا اور اب اس پیشانی کے نشان نے عمر کے اس آخری پڑاؤ میں اس کے اندر یہ تڑپ پیدا کر دی تھی کہ وہ اس سمت کا سفر اختیار کر کے آخری فریضہ کو بھی ادا کر دے کہ جس کی جانب سجدہ کرتے کرتے اس کی پیشانی سیاہ ہو گئی تھی۔ اور جب اس ارادے کا اظہار اس نے اہل خانہ کے روبرو کیا تو سب بہت خوش ہوئے کہ وہ خاندان کا پہلا شخص تھا کہ جس نے بیت اللہ کا قصد کیا تھا۔ سب نے بخوشی اس کے لیے اسباب سفر مہیا کئے، سب خوش تھے، بہت خوش کہ بیت اللہ کی زیارت ہر ایک کو نصیب نہیں ہوتی۔ اس کے بیٹے، بیٹیوں اور بہوؤں نے اپنے ماں باپ کے لیے تمام ضروری اشیا فراہم کی تھیں کہ وہ جانتے تھے کہ اتنا

طویل سفر ان کی زندگی کا پہلا سفر ہے۔ چاروں بیٹے خوف زدہ بھی تھے کہ انھیں اپنے والدین کی ضعیف العمری کا احساس تھا وہ سب اپنے بوڑھے ماں باپ کو اس طرح سمجھا رہے تھے جیسے وہ ان سے بہت بڑے ہو گئے ہوں۔ مشتاق بھائی اور فاطمہ بی بی سعادت مند بچوں کی طرح ہر ایک کی بات سنتے تھے۔ اقبال جو سب سے بڑا بیٹا تھا کہتا:

"ابا اماں کو کہیں اکیلا مت جانے دیجئے گا اور اماں تم بھی ابا کا ہاتھ پکڑے رہنا۔ وہاں پچیس تیس لاکھ حاجیوں کی بھیڑ ہو گی۔"

ابراہیم کہتا:

"ہاں اگر خدانخواستہ بچھڑ گئیں تو ملنا مشکل ہو جائے گا۔"

سب سے چھوٹا بیٹا کہتا:

"ابا شیطان کے کنکریاں مارتے وقت بڑی بھیڑ ہوتی ہے، آپ لوگ بھیڑ میں نہیں جایئے گا۔ سنا ہے اس بھیڑ میں اگر کوئی گر جائے تو اٹھ نہیں پاتا، آپ رش کم ہونے کے بعد جایئے گا۔"

بیٹیوں اور بہوؤں نے سارا سامان پیک کر دیا تھا۔ اٹیچی میں کپڑے رکھتے ہوئے زینت کہہ رہی تھی:

"دیکھو ماں! آپ دونوں کے چھ چھ جوڑی کپڑے رکھ دیئے ہیں، وہاں زیادہ گندے تو ہوں گے نہیں، ویسے کپڑے دھونے کا صابن بھی رکھ دیا ہے۔ اور ہاں اماں جب مدینہ شریف جاؤ تو بالکل نئے کپڑے پہننا، روضہ پر جا کر ہمارا بھی سلام کہنا اور دعا کرنا کہ اللہ ہمیں بھی زیارت کی توفیق دے۔"

دوسری طرف سے عائشہ پکارتی:

"اماں میرے لئے بھی دعا کرنا۔ اور یہ دیکھو میں نے اس بیگ میں میٹھی پوریاں رکھ دی ہیں، ناشتہ میں کام آئیں گی، بسکٹ اور نمکین بھی اسی بیگ میں۔"

گھر کا ہر فرد تیاری میں لگا ہوا تھا رشتہ دار اور ملنے والے دعاؤں کی درخواست کے لئے مستقل آرہے تھے۔ بچے، بڑے سبھی خوش تھے۔ دعاؤں کی درخواست کے ساتھ ان کی فرمائشیں بھی تھیں۔ کوئی کہتی :

"اماں میرے لئے اچھا سا برقعہ لائیے گا۔"

کسی کی فرمائش ہوتی:

"نانی میرا اسکارف نہیں بھولئے گا۔"

بچے معصوم لہجہ میں کہتے:

"دادا میاں میرے لئے اچھے نمبروں کی دعا کیجئے گا۔"

"دادی آپ میرے لئے دعا کیجئے گا کہ میرا حافظہ جلدی پورا ہو جائے۔"

دعاؤں کی درخواستیں اور معصوموں کی فرمائشیں مشتاق بھائی اور فاطمہ بی بی نے اپنے ڈائری میں لکھ لی تھیں۔ روانگی سے قبل انھوں نے اپنے سب بچوں کو پاس بلایا اور کہا:

"دیکھو اقبال تم سب سے بڑے ہو سب کا خیال رکھنا، کسی کو کوئی تکلیف نہ ہو۔ ہمارے آنے سے پہلے پورے گھر کی سفیدی کرا لینا، عید پر بھی نہیں ہو پائی تھی اور دیکھو اوپر کے کمرے کی چھت باقی رہ گئی ہے وہ پوری کرا لینا۔ گووند بھائی کے یہاں سے جو بھی سامان چاہیے منگوا لینا میں آکر حساب کر دوں گا۔"

"ہاں ابا آپ بے فکر ہو کر جایئے، میں سب کام پورا کرا لوں گا۔"

"اور ابراہیم تم پابندی سے دکان پر جانا، ذرا جلدی اٹھنے کی عادت ڈال لینا۔ صبح ہی صبح سب کو کام پر بھیجنا ہوتا ہے، تنخواہ سب کی وقت پر دے دینا، کرشنا اور اسماعیل خاں کے سو سو روپے پچھلے مہینے کے رہ گئے ہیں، وہ ضرور دے دینا ورنہ میرا حج بھی نہیں ہو گا۔"

"جی ابا۔۔۔ آپ پریشان نہ ہویئے۔۔۔۔ اپنے سفر کی تیاری کیجئے۔"

مشتاق بھائی سب کو سب کام سمجھا رہے تھے کہ ان کا سفر چالیس دن کا تھا اور جب وہ اس مبارک سفر کے لیے ہوائی اڈے کے اندر داخل ہوئے تو خوشی اور غم کے آنسو لئے گلے مل کر سب نے رخصت کیا۔ خوشی تھی کہ بیت اللہ کی زیارت کے لئے جا رہے ہیں، غم تھا کہ بچھڑ رہے ہیں، سفر مبارک ہے لیکن دشوار ہے۔ عزیز و اقربا سے بچھڑ کر مشتاق بھائی کے منہ سے نکلا "لبّیک اللّٰہم لبّیک" اب اس نے خود کو خدا کے سپرد کر دیا تھا۔ ایئر پورٹ کے احاطے میں جس وقت اس نے احرام باندھا تو موت یاد آگئی۔ اس وقت بھی تو یہی دو سفید چادریں ہوں گی اسے لگا کہ جیسے سفر آخرت کے لئے روانہ ہو رہا ہے۔ یوں بھی ہوائی جہاز کے سفر اور حج کے مجمع کثیر سے وہ دونوں ہی خوف زدہ تھے۔ جس وقت ہوائی جہاز نے پرواز کی تو عازمین حج نے بیک زبان لبّیک کا نعرہ بلند کیا۔ لبیک کی گونج سے ان دونوں کا خوف جاتا رہا کہ اب وہ خدا کے راستے میں تھے۔۔۔۔۔ جہاز ہزاروں فٹ کی بلندی پر پرواز کر رہا تھا نیچے سمندر تھا مگر کسی کے دل میں خوف نہیں تھا۔ اس لئے کہ وہ سب بیت اللہ کی زیارت کی تڑپ دل میں لئے ہوئے تھے اور جب کسی کی زیارت کی تڑپ دل میں

ہوتی ہے تو تمام خدشات رفع ہو جاتے ہیں۔

جدہ ایر پورٹ پر اتر کر مشتاق بھائی نے سجدۂ شکر ادا کیا اور حیرت و عقیدت سے وہاں کی زمین کو دیکھا اور یاد کیا کہ یہ وہ مقدس مقام ہے جہاں سے بوقت ہجرت رسول اکرم کا گزر ہوا تھا۔ نہ جانے کیوں اسی وقت اس نے سوچا رسول کو تو مدینہ مل گیا تھا، ہمارا مدینہ کہاں ہے کہ ہماری زمین بھی تو ہم پر تنگ ہوتی جا رہی ہے۔ اب وہ سب مضطرب تھے کہ جلد از جلد مکہ معظمہ پہنچ جائیں کہ ان کی منزل مقصود وہی تھی۔ تا حد نگاہ ریگستان اور پہاڑوں کو دیکھ کر وہ اپنے سفر کی آسانیاں اور رسول اکرمؐ کے سفر کی پریشانیوں کے بارے میں سوچ کر نمدیدہ ہوا۔ اسی لمحہ اس نے اس ریگستان میں گھوڑوں کے ٹاپوں کی آوازیں محسوس کیں کہ جو قیصر و کسریٰ کے تخت کو روندتی چلی گئیں۔ دور سمندر کے کنارے اسے طارق بن زیاد کے جہازوں کے بادبان نظر آئے جن کے رخ اسپین کی جانب تھے۔ اسے اپنا قد بلند ہوتا ہوا محسوس ہوا۔۔۔ اور اسی افتخار کے عالم میں جب وہ دونوں سب کے ساتھ مکہ معظمہ میں داخل ہوئے تو چہار جانب دل و نگاہ نے گلہائے عقیدت بکھیر دیئے۔ تمام عالم کے مسلمانوں کا اتنا بڑا اجتماع دیکھ کر وہ اپنی بے بسی اور کسمپرسی کی حالت بھول گیا، کہ مکہ معظمہ کی زمین پر قدم رکھتے ہی اسے اس زمین سے اپنے رشتے کا احساس ہونے لگا۔ وہ اس زمین سے لپٹ جانا چاہتا تھا کہ صدیوں پہلے یہیں سے اس نے ہجرت کی تھی کہ رسول ﷺ کا حکم تھا کہ تمہاری اونٹنیوں کا رخ جس سمت کو ہے، چلے جاؤ کہ تمہیں تمام عالم میں امن و امان کا پیغام پہنچانا ہے۔

اب وہ بیت اللہ کے بالکل قریب تھے وہ دونوں سوچ رہے تھے کہ سب سے

پہلے وہ اپنے بچوں کی خیر کی دعا مانگیں گے کہ وہ تو اپنی عمر گزار چکے۔ دعا کے لئے الفاظ ڈھونڈھتا ہوا وہ خانہ کعبہ کی جانب بڑھا اور جلال خداوندی دیکھ کر سب کچھ بھول گیا۔ ستر سال کے سجدوں کی حقیقت آج اس پر منکشف ہوئی۔

وہ بے اختیار سجدے میں گر پڑا، آج اس کا ایک سجدہ ستر سال کے سجدوں سے زیادہ اہم تھا اور اس سجدے میں اس نے سب کے لئے خیر کی دعا مانگیں۔ پھر اس نے خانہ کعبہ کا طواف کیا۔ فاطمہ بی بی بھی اس کے ساتھ تھی، فاطمہ کو اپنے بیٹوں کی باتیں یاد تھیں، اس نے اپنے شوہر کا ہاتھ چھوڑا نہیں تھا، بعد طواف کرنے کے وہ مقام ابراہیم تک پہنچے اور دو رکعت نماز ادا کی۔ پھر آب زمزم پی کر صفا و مردہ کی پہاڑیوں کی طرف چلے گئے۔ اب پہاڑیاں نہیں تھیں صرف نشان باقی تھے، انھیں بی بی ہاجرہ کی پانی کی تلاش یاد آئی، فاطمہ اپنے بچوں کو یاد کر کے افسردہ ہوگئی۔ مشتاق بھائی نے دلاسا دیا، اور پھر عمرہ کے ارکان کی ادائیگی کے بعد اس نے سب سے پہلے اپنے گھر فون کر کے حال معلوم کیا، سب کچھ ٹھیک تھا ان کی آواز سن کر سب خوش ہوئے۔

اگلے روز انھیں مدینہ منورہ جانا تھا وہ دیکھنا چاہتا تھا کہ وہ کون سا مقدس شہر ہے جو مہاجرین کے لئے راستوں میں پلکیں بچھا دیتا ہے، وہ کون لوگ ہیں جو گھروں کے دروازے ان کے لئے کھول دیتے ہیں۔۔۔۔ تصویروں میں دیکھی ہوئی مسجد نبوی کو دیکھ کر وہ خود تصویر بن گیا، جمال نبیؐ ہر گوشے سے ٹپک رہا تھا۔۔۔ ایک بار پھر اس نے دست دعا بلند کئے اور گڑگڑایا:

"اے رب العالمین تو مجھے بھی کوئی مدینہ دے دے۔"

مدینہ منورہ کے راستوں پر وہ برہنہ پا چلتا رہا کہ یہاں رسولؐ کے قدموں کے نشان باقی تھے۔ اسے تین سو تیرہ کی فتح یاد آئی، وہ سوچنے لگا کہ اس وقت وہ تین سو تیرہ کیوں فتح یاب ہوئے تھے اور آج۔۔۔۔۔

بعد چند روز کے مدینہ منورہ سے بادل نخواستہ آنکھوں میں آبشار لئے مکہ معظمہ آئے کہ فریضہ حج ادا کرنا تھا کہ جس کے لئے یہ سفر دور دراز اختیار کیا تھا۔۔۔۔۔۔۔

۔۔۔۔۔۔۔اور پھر لاکھوں عازمین حج کا سفید پوش قافلہ فریضہ حج کی ادائیگی کے لئے منیٰ روانہ ہوا۔ منیٰ خیموں کا شہر ہے، پہاڑوں کے بیچ میں تا حد نگاہ خیمے نظر آرہے تھے۔ ان دونوں نے ایک خیمے میں اپنی چٹائیاں بچھائیں اور عبادت الٰہی میں مشغول ہوگئے۔ اگلے روز وہ قافلہ لبیک کی صدا بلند کرتا ہوا میدان عرفات میں پہنچ گیا۔ مستقبل کے اس میدان حشر میں وہ بہت رویا، دعائیں مانگیں اپنی سلامتی کے لئے، اپنے بچوں کی کامرانی کے لئے۔ وہ اپنے بچوں کا مستقبل تابناک دیکھنا چاہتا تھا۔ غروب آفتاب کے وقت عرفات سے مزدلفہ کے لئے روانہ ہوئے، مزدلفہ کے وسیع و عریض میدان میں پہنچ کر پھر اس نے اپنی چٹائی بچھائی اور عبادت میں مشغول ہوگیا۔ اسے یاد آیا کہ یہ وہی میدان ہے جہاں ابرہہ کی فوج آکر ٹھہری تھی، جس کا ارادہ بیت اللہ کو ڈھانے کا تھا لیکن ابابیلوں نے اس قدر ان پر کنکریاں برسائیں کہ وہ بے دم بے جان ہوگئے۔۔۔۔۔ پوری رات اس میدان میں گزار کر مشتاق بھائی پھر اپنی چٹائی اٹھا کر سب کے ساتھ منیٰ میں اپنے خیمے کی طرف چل دئے، آج انھیں شیطان کو کنکریاں مارنے کی رسم ادا کرنی تھی وہ سوچنے لگا کہ ہر

سال لاکھوں آدمیوں کے ہاتھوں سنگسار ہونے کے باوجود شیطان آج بھی کس طرح زندہ ہے۔ شاید شیطان ہمارے اندر سما گیا ہے۔۔۔۔۔۔ تمام ارکان حج کی ادائیگی کے بعد اسے ایسا لگا جیسے دوبارہ زندگی ملی ہے۔ احرام کی سفید چادریں اتار دی تھیں، جن سے کفن کا احساس ہو رہا تھا، اب ان دونوں کو اپنا گھر یاد آنے لگا تھا، وہ اپنی حیات نو کے ساتھ اپنے عزیز و اقربا کے درمیان جانا چاہتا تھا کہ جن سلامتی اور خوشحالی کی دعا اس نے خدا اور رسولؐ کے دربار میں مانگی تھی، اسے یقین تھا کہ اس کی دعا قبولیت کے مقام تک ضرور پہنچی ہوگی۔ اس نے حج کی روداد اپنے گھر والوں کو ٹیلی فون پر بتائی۔ وہ سب بھی ان سے ملنے کے لئے بے چین ہوئے، اقبال نے بتایا کہ گھر کی سفیدی ہو چکی ہے۔ اوپر کے کمرے کی چھت پڑ گئی ہے، کام اچھا چل رہا ہے، سب کچھ ٹھیک ٹھاک ہے۔

اب فاطمہ بی بی کو سب کی فرمائشیں یاد آئیں، اس نے اپنے بیٹے، بیٹیوں، بہوؤں اور ان کے بچوں کے لئے بہت سا سامان خریدا، وہ دونوں بہت خوش تھے کہ بہت جلد اپنے گھر پہنچ جائیں گے۔

۔۔۔۔۔۔ اور جب اس زمین سے رخصت کا وقت قریب آیا تو انھوں نے خدا اور رسولؐ سے اجازت چاہی، پھر اپنی نگاہوں میں تمام مناظر کو سمیٹ کر وطن کے لئے روانہ ہوئے۔ وہ دونوں جہاز کی بلندی سے بے نیاز محو گفتگو تھے۔

"ہمارے بچے ہمیں دیکھ کر کتنا خوش ہوں گے۔"

"ہاں۔۔۔ وہ سب ہی ہمارے منتظر ہوں گے، اقبال نے گھر کی سفیدی کرالی ہے۔ اوپر کا کمرہ بھی پورا ہو گیا ہے۔ اب مہمانوں کو پریشانی نہیں ہوگی۔ تم نے سب

کے لئے تحفہ لے لئے ہیں نا؟"

"ہاں لے تو لئے ہیں، سب سے بڑا تحفہ تو زم زم اور کھجوریں ہیں۔"

"وہ تو ٹھیک ہے لیکن تمہارے بچے تو سب سے پہلے تمہارے سامان کی تلاشی لیں گے۔"

"اسی لئے تو میں نے سب کے لئے کچھ نہ کچھ لے لیا ہے۔ گھڑیاں تو اقبال، ابراہیم، نوشاد اور ندیم کی ہو گئیں، زینت، عائشہ اور رقیہ کے لئے برقعے لے لئے ہیں۔ امینہ نے اسکارف کے لئے کہا تھا عالیہ کے لئے بھی اسکارف لے لیا ہے۔ زید، سعد، یوسف تو اپنے کھلونے ہی دیکھ کر خوش ہو جائیں گے۔"

""اچھا سنو! احمد بھائی کو جانماز ضرور دینی ہے، انھوں نے ہم دونوں کے کپڑے بھی بنائے تھے اور دعوت بھی کی تھی۔"

"ہاں! ہاں! خاص خاص لوگوں کو تو جانمازیں دینی ہی ہیں۔"

جہاز مسلسل اپنا سفر طے کر رہا تھا، ان دونوں کو وقت کا احساس ہی نہیں تھا، فاطمہ پھر پوچھنے لگی :

"ہمارے آنے کی تاریخ تو ان لوگوں کو معلوم ہے نا۔"

"سارا کام ہی اقبال نے کرایا ہے۔ فون پر بات ہو جاتی تو اور بھی اچھا ہوتا لیکن ملا ہی نہیں، ایک حاجی کہہ رہے تھے کچھ جھگڑا ہو گیا ہے۔"

"یہ ٹیلی فون کو بھی ابھی خراب ہونا تھا۔۔ خدا کرے سب ٹھیک ٹھاک ہو۔۔۔۔ ویسے تو جب معلوم ہے تو سب ائیر پورٹ پر آ ہی جائیں گے۔"

انھیں چالیس دن پہلے کا ایئرپورٹ کا منظر یاد تھا۔ ایک ایک کا چہرہ ان کی

نظروں میں گھوم گیا ایک بار پھر ان کے ہاتھوں میں ہار اور چہرے کی خوشیاں محسوس کر کے مشتاق بھائی اور فاطمہ خوش ہوئے۔۔۔۔۔ اور جب احمد آباد کی ایئرپورٹ پر جہاز اترا تو انھوں نے خدا کا شکریہ ادا کیا، وہ سب باہر آئے۔ منظر بدلا ہوا تھا، تمام حاجیوں میں عجیب سی خاموشی تھی، سب ایک دورے کو سوالیہ نگاہوں سے دیکھ رہے تھے، کوئی کسی کے استقبال کے لئے نہیں آیا تھا، کسی کے ہاتھوں میں ہار نہیں تھا، ایک سناٹا سا تھا، موت کا سا سناٹا۔۔۔۔۔ وہ سب حیران و پریشان تھے۔۔۔۔۔ سب کی نگاہیں اپنے عزیزوں کو ڈھونڈ رہی تھیں۔ ایئرپورٹ فوج سے گھرا ہوا تھا، انھیں پولیس کی گاڑیوں میں بٹھا دیا گیا، وہ سب بے زبان سے ہو گئے تھے، انھیں اس نئے انداز کے استقبال کی امید نہ تھی۔ مشتاق بھائی نے فاطمہ کو حسرت و بے بسی کے عالم میں دیکھا، اس کی آنکھوں میں آب تھا اور زم زم کہنے والا کوئی نہ تھا، تمام راستے جلے ہوئے مکان و دکان، خون آلودہ سڑکیں اور دیواریں دیکھ کر خوف اور دہشت ان کے دلوں میں اتر آئی تھی۔ بار بار اس کا دل چاہا کہ پولیس والوں سے معلوم کرے کہ یہ سب کیا ہے؟ یہ کب ہوا؟ کس وجہ سے ہوا؟ لیکن اس نے اپنے اندر ہمت نہیں پائی۔ میدان عرفات کا اجتماع اور یہاں کی لاچاری اور بے بسی کا موازنہ کر کے اس کی آنکھیں چھلک آئیں۔ پولیس کی گاڑی مشتاق بھائی کے گھر کے پاس رکی لیکن گھر کہاں تھا۔۔۔۔۔ جلے ہوئے ٹوٹے ہوئے ملبے کا ایک ڈھیر تھا، وہ تو سفیدی کرایا ہوا نیا مکان ڈھونڈ رہے تھے لیکن یہ منظر دیکھ کر ان دونوں کی چیخیں حلق کے اندر ہی پھنس گئیں۔ انھیں اپنے بچوں کی آوازیں سنائی دینے لگیں

"ابا! اماں کو کہیں بھی اکیلا نہیں چھوڑیئے گا۔"

"اگر خدانخواستہ بچھڑ گئیں تو ملنا مشکل ہو جائے گا۔"

"آپ لوگ بھیڑ میں نہیں جایئے گا۔"

"اماں ہمارے لئے دعا کیجئے گا کہ اللہ ہمیں بھی زیارت کی توفیق دے۔"

"اماں میرے لئے اچھا سا برقعہ لایئے گا۔"

"نانی میرا اسکارف نہیں بھولئے گا"

وہ دونوں سکتے کے عالم میں تھے۔ بچوں کی آوازیں مسلسل گونج رہی تھیں۔

"میری گھڑی کہاں ہے؟"

"میرا برقعہ کہاں ہے؟"

"یہ اسکارف میں لوں گی"

"یہ کار زید کی ہے۔۔۔۔۔ ہوائی جہاز سعد کا ہے"

"پہلے سب کو کھجوریں کھلاؤ اور زم زم پلاؤ"

انھیں لگا جیسے ان کے سامان کی اٹیچی کھل گئی۔ گھڑیاں اور کھلونے ٹرک کے نیچے کچل گئے۔ برقعے اور اسکارف ہوا میں اچھل گئے۔ جا نمازیں آگ میں گر پڑیں۔۔۔۔ آب زم زم سڑک پر بہنے لگا۔۔۔۔ کھجور کچرے کے ڈبے میں ڈال دی گئیں۔۔۔۔ وہ حیران و پریشان تھے کہ ایک سپاہی نے دوسرے سے کہا:

"ان کا تو گھر جل گیا۔ چلو کیمپ میں چھوڑ دیتے ہیں۔ کوئی گھر والا بچا ہو گا تو مل جائے گا"

دوسرے نے کہا:

"ہاں یہ ٹھیک ہے"

تیسرے نے کہا:

"اور حاجی جی کیا کیا مال لائے ہو۔۔۔ یہاں تو سب لٹ گیا۔۔۔ پھر جمع کرو۔۔۔"

چوتھے نے کہا:

"تم وہاں سے مال لاتے رہو۔۔۔اور ہم۔۔۔۔"

چاروں ہنس دیئے۔ مشتاق بھائی کے چہرے پر کوئی تاثر نہیں تھا، پولیس کی گاڑی نے انھیں ایک کیمپ میں اتار دیا۔ اسے منیٰ کے خیمے یاد آئے، عرفات اور مزدلفہ کے بے سایہ میدان اس کی نظروں میں گھوم گئے لیکن منظر بدلا ہوا تھا، چاروں طرف آہ وبکا، بے سروسامانی، برہنہ پا، برہنہ سر خواتین کا ہجوم، بے کفن لاشیں، اس نے محسوس کیا کہ اب وہ ابرہہ کے نرغے میں ہے۔ اس نے آسمان کی طرف نگاہ اٹھائی۔ ابابیلوں کا دور دور تک پتہ نہیں تھا، اس لئے کہ وہ اب تین سو تیرہ میں سے نہیں تھا۔

***

۴

ایک ہی راستہ

وہ اندر ہی اندر آتش فشاں کی طرح پک رہا تھا اور اُس کے اندر ایک اضطرابی کیفیت موجزن تھی۔ اُس نے اپنے ذہنی اور قلبی سکون کے لیے تمام طریقے اختیار کر لیے تھے لیکن ہر بار ناکام رہا۔ وہ بالکل مایوس ہو چکا تھا اسے یقین ہو گیا تھا کہ اس عالمِ آب و گل میں چہار جانب اس قدر انتشار پھیلا ہوا ہے کہ صاحبِ چشم نظر انداز نہیں کر سکتا۔ ہر روز اس کے دل میں یہ خدشہ پیدا ہوا تا تھا کہ آج قیامت کا دن ہو گا اور یہ دنیا نیست و نابود ہو جائے گی کہ اس نے بزرگوں سے قیامت کی نشانیاں سُنی تھیں اور وہ ان تمام علامتوں کو روزانہ دیکھ کر سُن رہا تھا قیامت کے انتظار میں پورا دن گذارنے کے بعد اسے یہ بات بھی مضطرب کرتی تھی کہ موجودہ برائیوں کے علاوہ اب وہ کونسی برائیاں ہوں گی جن کو قیامت کا سبب بتایا جائے گا۔ وہ سوچتا تھا کہ میں کیوں اپنے اطراف کی دنیا کو دیکھ کر پریشان ہوں میں پیغمبر نہیں ہوں کہ اہلِ دنیا کی نجات کے لیے فکر مند ہوں۔ میں گوتم نہیں ہوں کہ راج پاٹ چھوڑ کر درخت کے نیچے جا بیٹھوں۔ میں عیسیٰ نہیں ہوں کہ دُکھی افراد کے لیے مسیحا بنوں۔ میں بھی ان کروڑوں انسانوں میں سے ایک ہوں جو زندگی کی دوڑ میں آگے بڑھتے

ہی جا رہے ہیں۔ پیچھے مڑ کر دیکھنے کی انہیں مہلت نہیں ہے۔ سب کے چہروں پر بظاہر اطمینان ہے، پھر میں کیوں بے چین ہوں جبکہ میں بھی ان کا ایک حصّہ ہوں۔ وہ ہر لمحہ یہی سوچتا رہتا تھا سوچنا اس کی عادت بن گئی تھی، سچ یہ ہے کہ جو سوچتے ہیں ان کی زندگی تنگ ہو جاتی ہے۔ وہ بھی اپنے آپ کو تارِ عنکبوت میں اُلجھا ہوا محسوس کر رہا تھا اور جنات کا کوئی راستہ اسے دکھائی نہ دیتا تھا۔ آہستہ آہستہ اس کی یہ الجھن غصّہ میں تبدیل ہو گئی تھی۔ وہ اپنے غصّہ کی تپش سے ہر اس برائی کو جلا کر خاک کر دینا چاہتا تھا جو نا قابل برداشت تھی۔ لیکن اس کے اختیار میں کچھ بھی نہیں تھا۔ وہ بے بس تھا اور لاچاری اس کے اندر آتش فشانی لاوا اکٹھا کر رہی تھی۔

پھر ایک دن وہ گوتم نہ ہوتے ہوئے بھی گوتم کی طرح نکل کھڑا ہوا، گیان کی تلاش میں نہیں بلکہ ایسا غیبی قوت حاصل کرنے کے لیے، جس سے وہ اپنے غصّہ کا اظہار کر سکے۔ اس کا مقصد زندگی سے فرار نہیں تھا۔ اس نے سوچا تھا کہ وہ کہیں تنہائی میں خدا کو اُکتا دینے والی ریاضت کرے گا تا کہ مجبور ہو کر خدا اس سے معلوم کرے کہ تو کیا چاہتا ہے پھر وہ خدا سے مانگے گا ایک ایسی غیبی قوت جو اس کے غصّہ کا اظہار کر سکے۔ اپنے دل و دماغ میں خدا سے ملاقات کا منصوبہ لے کر وہ موسیٰ کی طرح طور کی تلاش میں چل دیا تھا۔ وہ جانتا تھا کہ اس کی خواہش مضحکہ خیز ہے اور اس کی کوشش دیوانگی۔ لیکن کبھی کبھی آدمی دانستہ طور پر بھی جنونی حرکات کرتا ہے۔ غرض کہ وہ بہت عرصہ تک اِدھر اُدھر بھٹکتا رہا۔ پھر ایک دن یوں ہوا کہ ایک درخت کے سائے میں ناکام و نامراد بیٹھا ہوا تھا کہ ایک سفید ریش بزرگ رونما ہوئے اور فرمایا:

"اے فانی انسان تو اس چند روزہ زندگی کو کیوں اپنے لیے وبال بنا رہا ہے۔"

اس نے حیرانی سے بزرگ کو دیکھا اور دوزانوں ہو کر کہا۔

" اے خدا آگاہ میں اس دنیائے فانی میں جو کچھ دیکھ رہا ہوں وہ ناقابل برداشت ہے۔ میرے اندر غصے کی ایک آگ پھیلی ہوئی ہے۔ غصہ آنا فطری بات ہے لیکن اس دور کے انسان کو برائی دیکھ کر بھی غصّہ نہیں آتا۔"

" ہر چیز کی زیادتی احساس کو مار دیتی ہے، یہی وجہ ہے کہ آج کا انسان برائی کو پہچانتے ہوئے بھی محسوس نہیں کرتا۔ تم کیوں پریشان ہوتے ہو، تم بھی بے حس ہو جاؤ تمہاری پریشانی دُور ہو جائے گی۔ " یہ مشورہ دیتے وقت بزرگ کے ہونٹوں پر طنزیہ مسکراہٹ تھی۔ اُس نے نفی میں سر ہلایا اور کہا۔

" نہیں —میں ایسا نہیں کر سکتا۔ میں بُرائی ختم کرنا چاہتا ہوں۔ اے پیر و مرشد مجھے ایک ایسی غیبی قوت چاہیے جس سے میں برائی کو ختم کر دوں کیا آپ میری مدد کر سکتے ہیں؟"

"تم کس کس برائی کو ختم کرو گے لیکن اگر تم چاہتے ہو تو داہنا ہاتھ میرے ہاتھ میں دو۔"

بزرگ کے کہنے پر اس نے اپنا داہنا ہاتھ ان کے ہاتھ میں دے دیا۔ انہوں نے پوری قوت سے اس کی ہتھیلی کو اپنی ہتھیلیوں میں دبایا اور فرمایا:

" جا اب تیری اس ہتھیلی میں فنا کرنے کی قوت آ گئی ہے تو جس کی طرف بھی ہتھیلی کا رُخ کرے گا وہ جل کر خاک ہو جائے گا۔ لیکن یاد رکھ کہ اس کا استعمال تو صرف ایک بار کر سکے گا۔ جا تجھے دنیا میں جو لوگ سب سے زیادہ بُرے لگیں انہیں

جلا کر راکھ کر دے۔"

اتنا کہہ کر وہ بزرگ اس کی آنکھوں سے روپوش ہو گئے۔ اس نے اپنے داہنے ہاتھ کی ہتھیلی کو دیکھا۔ خوف اور خوشی کے عالم میں فوراً ہی اس نے ہتھیلی کو چھپالیا۔ اب وہ خوش تھا کہ اس نے اپنی مُراد پالی تھی۔

جب وہ شہر میں واپس لوٹا تھا تو اس نے اپنا داہنا ہاتھ اپنی جیب میں چھپالیا تھا اسے ڈر تھا اگر کسی کو اس کی غیبی طاقت کا علم ہو گیا تو اس کی جان کو خطرہ ہو سکتا ہے۔ اس نے اسی لیے اس بات کو کسی کے روبرو ظاہر نہیں کیا تھا کہ بعض باتوں کا اظہار موت کا سبب بھی بن جاتا ہے۔ اسے یہ بھی خوف تھا کہ کہیں کسی ناقابل برداشت شے کو دیکھ کر اس کا ہاتھ اس طرف نہ اٹھ جائے اسی لیے اس نے ایک دستانہ پہن لیا تھا۔

اب اسے تلاش تھی اس بدترین منظر کی، جو انسانیت کے لیے بد نما داغ ہو، تاکہ وہ اپنے غصّہ کا اظہار کر سکے۔ اُس نے فیصلہ کیا تھا کہ سب سے پہلے کریہہ منظر کے لیے وہ غیبی قوت کو استعمال کرے گا۔ یوں تو ہر جگہ دل کو تکلیف دینے والے منظر دکھائی دے رہے تھے لیکن ان میں سے بیشتر کو دیکھتے دیکھتے وہ بھی نظر انداز کرنے لگا تھا۔ پھر ایک دن اس نے دیکھا کہ ایک شہر میں مذہب کے نام پر فساد ہو گیا ہے۔ ہر طرف چیخ و پکار مچی ہوئی ہے، ایک فرقہ دوسرے فرقہ کے افراد کو بے دردی سے قتل کر رہا ہے ایک دوسرے کے گھروں کو آگ لگا رہیں۔ اس بھیانک منظر میں جو بات اُسے غصّہ دلا رہی تھی وہ یہ تھی کہ کچھ دیوانے لوگ جوان لڑکیوں کو گھروں سے نکال کر سڑکوں پر لے آئے تھے اور ان کے کپڑوں کو تار تار کر کے

ان کی عزّتیں برباد کر رہے تھے۔ درندگی کے اس عالم کو دیکھ کر وہ تیش میں آگیا تھا اور چاہتا تھا کہ غیبی طاقت کا استعمال کرے لیکن یہ سوچ کر رُک گیا کہ ابھی اس سے زیادہ گھناؤنے منظر رونما ہوں گے، اس نے اپنے غصّہ کو ضبط کیا اور آنکھیں بند کر کے آگے چل دیا۔

آگے پہنچا تو اس نے دیکھا کہ ایک مقام پر مرد عورت اور معصوم بچوں کی بہت سی لاشیں پڑی ہیں پاس ہی ایک خالی بس کھڑی ہوئی ہے اُس نے قریب جا کر معلوم کیا کہ یہ سب کیسے ہوا؟ ایک شخص نے ڈرتے ہوئے اُسے بتایا کہ کچھ وحشی لوگوں نے بس روک کر بغیر کسی سبب کے ان بے گناہوں کو موت کی نیند سلا دیا۔ یہ سن کر اس کے داہنے ہاتھ کی ہتھیلی کھلنے کے لیے بے چین ہوگئی، اس نے پھر ایک بار ضبط کیا اور آگے بڑھ گیا یہ دیکھنے کے لیے کہ ابھی اور کیا کیا دیکھنا ہے اور پھر اس نے دیکھا کہ اچانک کئی عمارتوں میں بموں کے دھاکے ہوئے اور ان دھماکوں کے ساتھ عمارتیں اور ان کے اندر موجود افراد پرزے ہو کر بکھر گئے، اس نے دریافت کیا، ان کا قصور کیا تھا؟ معلوم ہوا — کچھ نہیں — غصّہ کی حالت میں اس کا ہاتھ جیب سے باہر آگیا۔ لیکن اس نے پھر ضبط کیا۔

اس کی بے چینی دن بدن بڑھتی جا رہی تھی، اب اس کی پریشانی کی ایک وجہ یہ بھی تھی کہ اس کے پاس غیبی طاقت کے استعمال کا صرف ایک موقع تھا اور ہر منظر اسے بدترین دکھائی دے رہا تھا، اسی پریشانی کے عالم میں اس نے پھر دیکھا کہ کچھ سپاہی ایک آدمی کو گرفتار کر کے لے جا رہے ہیں معلوم کرنے پر پتہ چلا کہ وہ آدمی مسلسل اپنی بیٹی کی عصمت لوٹتا رہا تھا، دوسری جانب اس نے دیکھا کہ کچھ لوگ ایک

دو سالہ معصوم بچی کی لاش کو ہاتھوں پر اٹھا کر لے جا رہے ہیں جب اس نے موت کا سبب معلوم کیا تو ایک شخص نے بتایا کہ ایک ظالم نے اس معصوم کو اپنی ہوس کا شکار بنایا، جس کے صدمے سے اس کی موت ہو گئی۔ اس نے اپنے غصّہ کو دبانے کے لیے اپنی انگلیوں کو بھینچ لیا اور تیزی سے آگے بڑھا، ایک مکان کے قریب اسے نسوانی چیخیں سنائی دیں، اس نے کھڑکی سے جھانک کر دیکھا ایک نوجوان عورت کو کچھ لوگ جلا رہے تھے اور کہہ رہے تھے کہ یہ تیرے کم جہیز لانے کی سزا ہے تیرے جلنے سے لوگ عبرت حاصل کریں گے اور اپنی بیٹیوں کو کم جہیز دے کر رخصت نہیں کریں گے۔"

اس کا چہرہ غصّہ سے تمتمانے لگا وہ تیزی سے جنگل کی طرف بھاگا کہ انسانوں کے اس شہر میں حیوانی معاشرہ پل رہا تھا۔ وہ بہت دیر تک سوچتا رہا کہ سب سے بدتر اور گھناؤنا منظر کون سا تھا لیکن اُسے سب ہی منظر گھناؤنے اور قابلِ نفرت لگے۔ وہ سب کو جلا کر راکھ کر دینا چاہتا تھا لیکن یہ ناممکن تھا۔ بالآخر اُسے ایک ہی راستہ سُجھائی دیا بہت غور و فکر کے بعد اُس اپنے داہنا ہاتھ جیب سے باہر نکالا، ہاتھ چڑھے ہوئے دستانے کو اُتار اور اپنے غصہ کا اظہار کرنے کے لیے اپنی ہتھیلی کا رُخ اپنی ہی جانب کر دیا۔

***

۵

بند راستے

ہند و پاک کے راستے کھلتے ہی اسے ایسا لگا کہ اب تک وہ نظر بند تھا اور اسے آزاد کیا گیا ہو۔ اس نے سب سے پہلا کام یہ کیا کہ ہندستان جانے کے لیے ویزا منظور کروایا اور بہت جلد اپنے گاؤں کی گلیوں کو نگاہوں میں بسا کر لاہور سے روانہ ہوا۔ اس نے اپنے آنے کی کسی کو اطلاع نہیں دی تھی۔ وہ سوچ رہا تھا کہ اچانک اسے دیکھ کر چچا میاں اور دلہن چچی کتنا خوش ہوں گی اور شازیہ جسے پیار سے وہ شازی کہتا تھا، حیرت و مسرت سے اُچھل پڑے گی۔ بچاری کو کتنا انتظار کرنا پڑا ہے۔ ہر وقت اس کے کانوں میں میرے قدموں کی آہٹ دبے پاؤں آکر دروازے پر نگاہیں اُٹھانے کے لئے اُسے مجبور کرتی ہو گی۔ کہیں شازی کی شادی! نہیں۔۔۔۔۔۔۔۔۔ ایسا نہیں ہو سکتا۔۔۔۔۔۔! وہ تمام عمر میرا انتظار کر سکتی ہے۔۔۔۔۔ اور پھر وہ بیتے ہوئے دنوں کو یاد کر کے دُھندلی تصویروں میں رنگ بھرنے لگا۔

محرم کی ۹ تاریخ تھی۔ مہمان خانے میں کافی تعداد میں مہمان اکٹھّے ہو چکے تھے۔ رحیم گڑھ کے تعزیے دور دور تک مشہور ہونے کی وجہ سے محرم کا مہینہ لگتے ہی اس کے یہاں مہمانوں کی آمد شروع ہو جاتی۔ اس کی امی جان نے کہا کہ آج خالہ

بی آئیں گی۔ وہ بہت خوش اور بے چینی سے ان کے آنے کا انتظار کر رہا تھا۔ کئی برس کے تناؤ کے بعد خالہ بی آج آ رہی تھیں۔ اِدھر آفتاب نے اپنے شعاعوں کو سمیٹنا شروع کیا اُدھر ڈیوڑھی پر بیلوں کے گھنگھروؤں کی جھنکار نے شفق کی سرخی میں ایک دل کش موسیقی پیدا کر دی۔ سب لوگوں نے گھنگھروؤں کی جھنکار کو محسوس کر کے نظریں اس آواز کی طرف دوڑائیں۔ رحیمن بوا نے اندر آتے ہوئے تیزی سے کہا۔

"اے لوگو! دیکھو سکھیر پور کی سواریاں آگئیں۔"

امی جان نے فرشی غرارے کے پائنچوں کو سنبھالتے ہوئے مسہری سے پاؤں نیچے اُتارے۔ وہ دوڑتا ہوا دروازے کی طرف بھاگا۔ خالہ بی آدھے سے اُتر چکی تھیں۔ اُس نے خالہ بی کو آداب کیا۔ اُنہوں نے اُسے پیار کیا۔ تب ہی اُس کے کانوں سے بہت سُریلی اور مہین آواز ٹکرائی۔

"بھائی جان آداب!"

اس نے خالہ بی کے پیچھے کھڑی ہوئی پیاری سی لڑکی کو دیکھا۔ امی جان کہہ رہی تھیں کہ خالہ بی کے ایک پیاری سی لڑکی ہے۔ اس نے سر کو جنبش دے کر سلام کا جواب دیا۔ خالہ بی، رحیمن بوا، مہرن اور چمن کے ساتھ اندر چلی گئیں جو استقبال کے لئے پھاٹک پر آگئیں تھیں۔ اس نے شازیہ کی طرف بڑھتے ہوئے کہا۔ آیئے، آپ ہمارے ساتھ چلیے۔ شازیہ کچھ مسکراتی اور جھجھکتی ہوئی اس کے ساتھ چلنے لگی۔ اس کا گورا رنگ عنابی رنگ کے کامدار غرارے اور جمپر میں دمک رہا تھا۔ غرارے کے پائنچوں کو اپنے بائیں ہاتھ سے پکڑ کر چلتی ہوئی وہ بڑی پیارا لگ رہی

تھی۔ صحن میں امی جان اور خالہ بی چہک چہک کر اظہار مسرت کر کے کئی برسوں کا حساب برابر کر رہی تھیں۔ ان دونوں کو دیکھ کر امی جان نے سر گوشی کرتے ہوئے خالہ بی سے کہا "اے دیکھو تو سہی اپیا، کیا جوڑی ملائی ہے قدرت نے۔"

" چشم بد دور! خدا اسلامت رکھے دونوں کو۔" خالہ بی نے ان دونوں پر شفقت و محبت کی نگاہ ڈالتے ہوئے دبی آواز سے کہا اور دُور سے بلائیں لے کر انگلیاں چٹخائیں۔ اس نے ایک بار گہری نظریں شازیہ کے دمکتے ہوئے چہرے پر ڈالیں جیسے اس کے کانوں نے ان دبی آوازوں کو سن لیا ہو۔ قریب آتے ہی امی نے شازیہ کو گلے سے لگالیا۔

"بیٹے جاؤ، شازیہ کو اپنا کمرہ دکھاؤ۔ یہ تمہاری ہی مہمان ہے۔ اچھی لگتی ہیں نا"۔ اس نے آہستہ سے سر کو ہلا کر ہوں کیا تو خالہ بی اور امی جان دونوں ہنس پڑیں۔ وہ جھینپ گیا۔

وقت آگے بڑھا۔ معصوم کلیوں نے چٹکنا شروع کیا۔ امی جان نے تو رشتہ بھی پکاّ کر دیا۔ لیکن اُس کے ابّا جان اس رشتے کو تیار نہ ہوئے۔ بات بھی ایسی کوئی خاص نہیں تھی۔ کافی عرصہ گزارا شازیہ کے ابّو الیکشن میں ابّا جان کے مقابلے میں کھڑے ہو گئے تھے اور جلد ہی لوگوں کو سمجھانے پر ان کے حق میں بیٹھ بھی گئے۔ لیکن ابّا جان کے دل میں اسی وقت سے رنجش پیدا ہو گئی جو گھریلو تعلقات استوار ہونے پر بھی دور نہیں ہوئی۔ اور دوسرے ابّا جان شازیہ کے ابو کو اپنے برابر کا زمین دار نہیں سمجھتے تھے۔ امی جان کی ان کے سامنے کیا چلتی۔ اللہ میاں کے گھر سے بلاوا آیا۔ بیٹے چہرے پر سہرا بندھنے اور شازیہ کو دلہن بنا کر گھر لانے کی آرزو کو کفن میں

لپیٹ کر امی جان ہمیشہ کے لیے چلی گئیں۔ امی جان کے انتقال کے بعد خالہ بی کے ہاں آنا جانا بہت کم ہو گیا۔ لیکن وہ خالہ بی اور شازیہ سے ملنے ضرور جاتا رہا اور پھر ایک دن ابا جان رحیم گڑھ کی جائداد چچا میاں کے حوالے کر کے اسے اپنے ساتھ لے کر پاکستان چلے گئے۔ لیکن وہ پاکستان جانے سے قبل خالہ بی اور شازیہ کو یقین دلا گیا تھا کہ وہ بہت جلد واپس آئے گا وہ انتظار کریں۔ بد قسمتی سے ان کے جانے کے کچھ عرصہ بعد ہی ہندو پاک لڑائی ہو جانے کی وجہ سے راستے بند ہو گئے۔ درمیان میں کچھ وقت کے لیے راستے کھلے بھی تو ابا جان کی حالت اس قدر بگڑی کہ وہ انہیں چھوڑ کر نہ آسکا۔ اور ماہی بے آب کی طرح تڑپتا رہا۔

رحیم گڑھ کے چھوٹے سے اسٹیشن پر اُتر کر اُس نے بستی تک جانے کے لیے سورای تلاش کی۔ سڑک پر رکشے، تانگوں کے علاوہ ایک بس بھی کھڑی تھی اسے یہ چیزیں عجیب سی لگ رہی تھیں کیوں کہ جب وہ یہاں رہتا تھا تو اس وقت اسٹیشن پر اتر کر بیل گاڑی یا تانگے سے گاؤں جایا کرتے تھے۔ لیکن اب تو کچّی سڑک کی جگہ تارکول کی کالی سڑک بستی تک جا رہی تھی۔ رکشہ اسٹینڈ، تانگہ اسٹینڈ کے چھوٹے چھوٹے بورڈ لگ رہے تھے۔ وہ یہ سب تبدیلیاں دیکھ کر خوش تھا۔ ہاتھ کے اشارے سے ایک رکشہ والے کو بُلایا وہ سوچ رہا تھا کہ اگر اپنے آنے کی اطلاع دیتا تو چچا میاں اس کے لیے سواری بھجوا دیتے۔ "کاں جانا ہے صاب"؟ رکشے والے نے اس کے قریب آکر پوچھا۔ اس نے رکشے والے کو غور سے دیکھا۔ کیا اسے یہ بھی نہیں معلوم کہ ہمیں کہاں جانا ہے۔ پہلے تو کبھی کوئی گاؤں والا یہ نہیں پوچھا کرتا تھا۔

"ڈیوڑھی پر۔"

"کاں صاب"؟

"قاضی محمود حسین کی ڈیوڑھی پر۔" اسے رکشہ والے کا یہ جواب عجیب سا لگا۔ کیوں کہ ایسے جواب کی اُمید نہیں تھی۔

"ہماری سمجھ میں نہیں آیا صاب کو قاضی محمود حسین؟ کس محلے میں رہتے ہیں۔" نوجوان رکشے والے نے جو کسی فلمی ہیرو کے اسٹائل میں بال کاڑھے ہوئے تھا۔ لاعلمی کا اظہار کیا۔ اس کا پائدان پر چڑھا ہوا ایک پیر سڑک پر واپس آ گیا۔

"بدتمیز — اتنا بھی نہیں جانتا — بولنے کا ڈھنگ بھی نہیں آتا۔" ایک رکشہ والے کی زبان سے اپنے دادا کا نام اس طرح سن کر وہ جھنجھلا گیا۔

"اکڑتے کس پہ ہو صاب کوئی اور سواری دیکھ لو۔ پاگل ہے" رکشہ والا بڑبڑاتا ہوا آگے بڑھ گیا۔

وہ رکشے والے کو دیکھتا رہ گیا۔ کچھ بول ہی نہ سکا اور پھر جھینپ مٹانے کے لیے تیزی سے بس میں سوار ہو گیا۔ بس نے بہت جلد اسے رحیم گڑھ کے مختصر سے بس اڈّے پر چھوڑ دیا۔ بس اڈّے ہی کی مناسبت سے وہاں اور لوگ موجود تھے۔ سڑک کے کنارے پر ایک کاٹھ کی دکان رکھی ہوئی چنگی کا کام دے رہی تھی۔ اس کے سامنے ہی چنگی کی بڑی سی بَلّی رسّی کے سہارے رُکی ہوئی تھی پختہ پلّیا کے قریب ایک اور کاٹھ کی دکان ہوٹل کی کمی کو پورا کر رہی تھی۔ اسی پر پان، بیڑی، سگریٹ کا بھی انتظام تھا۔ شیشے کے دو مرتبانوں میں چند بسکٹ اور تھوڑی دال پڑی ہوئی تھی۔ ٹھیلے کے پاس ایک شخص امرودوں کی آواز لگا رہا تھا۔ وہ چلنے لگا۔ رستے میں کھیلتے ہوئے بچے کھیلتے رہے۔ اِدھر اُدھر کام کرنے والے آدمی کام کرتے رہے۔ عورتیں اسی

طرح گھومتی رہیں۔ پہلے تو ان کے گھر کا کوئی آدمی گزرا تھا تو بچے کھیلنا بند کر دیتے تھے۔ آدمی کا چھوڑ کر سلام کرنے لیے کھڑے ہو جاتے تھے۔ عورتیں لمبا سا گھونگھٹ نکال کر ایک جانب کو ہو جاتی تھیں۔ رحیم گڑھ۔ جہاں وہ ایک لمبے عرصے کے بعد آ رہا تھا کتنا بدل گیا تھا۔ مٹی کے ٹوٹے پھوٹے مکانوں کی جگہ سیمنٹ کے پختہ مکانات نے لے لی تھی۔ سڑک اور گلیوں میں لگے ہوئے بجلی کے اونچے اونچے کھمبے پرانی لگی ہوئی لالٹینوں کو منہ چڑا رہے تھے۔ وہ سوچ رہا تھا کہ وہی پہلے جیسا گاؤں ہو گا جہاں برگد کے نیچے ماسٹر جی بچوں کو نیم کی پتلی شاخ سے مار مار کر پڑھا رہے ہوں گے۔ لیکن یہاں تو سب کچھ بدل گیا۔ برگد کے نیچے اسکول کی صاف ستھری عمارت بنی ہوئی تھی۔ جہاں سے گھنٹے بجنے کی آواز آ رہی تھی۔ اپنے گاؤں کی اس قدر ترقی دیکھ کر وہ سوچنے لگا کہ کاش! ابا جان یہاں سے جاتے نہیں۔ اس نے تو کبھی تصوّر بھی نہیں کیا تھا کہ اس کا گاؤں اتنی جلد ترقی کی اتنی منزلیں طے کر لے گا۔ اسے اب بھی کچھ گلیاں یاد تھیں۔ چلتے چلتے وہ ایک بڑے پھاٹک کے پاس رک گیا۔ وہ اپنی حویلی کو پہچان گیا تھا۔ خوش خوش دل کی تیز دھڑکن کے ساتھ وہ اندر کی طرف بڑھا۔ لیکن راستے میں ایک آدمی نے روک کر پوچھا "کس سے ملنا ہے بابو جی؟"

اس نے پوچھنے والے کو تعجب سے دیکھا۔ "ارے کون ہو تم پوچھنے والے؟ یہ میرا گھر ہے چچا میاں کہاں ہیں؟"

"کہاں سے آئے صاحب؟ کون چچا میاں؟ کس کا گھر؟ یہ تو لالہ کشوری لال کا گودام ہے۔" اس آدمی نے لاپرواہی سے کہا۔ لیکن یہ سن کر اسے شاک سا لگا۔ اس

نے ایک بار پھر اپنی نگاہیں دیواروں پر ڈالیں۔ دیواریں بدلی ہوئی ضرور تھیں لیکن اسے یقین تھا کہ یہی اس کا گھر ہے۔ اس نے نیم کے اس اونچے درخت کو دیکھا جس کے سائے میں اس کا بچپن گزرا تھا۔ اسی نیم کے نیچے کھڑے ہو کر وہ شازی کے ساتھ تعزیے دیکھا کرتا تھا۔

"بابو جی آپ غلط آگئے ہیں۔ یہ تو لالہ جی کا گودام ہے۔" اتنا کہہ کر وہ آگے بڑھ گیا۔ اس نے ایک حسرت بھری نگاہ ڈیوڑھی پر ڈالی اور واپس جانے کے لیے کسی مایوس شکاری کی طرح قدم اٹھا دیے۔ اس کے ذہن میں ایک عجیب سا طوفان برپا ہو گیا۔ کیا قاضی محمود حسین کی ڈیوڑھی نیلام پر چڑھ گئی ؟ کیا چچا میاں نے رحیم گڑھ چھوڑ دیا؟ کیا اب رحیم گڑھ میں اسے کوئی نہیں پہچانے گا؟ تاریک خیالات میں روشنی کی کرن تلاش کرتا ہوا وہ گاؤں کی نئی سڑک پر بڑھ رہا تھا کہ اس کی نگاہ مسجد پر گئی جس کے مولوی صاحب نے اسے قرآن شریف پڑھایا تھا۔ اس کے بھاری قدم مسجد کے دروازے پر رک گئے۔ وہ جوتے اتار کر آہستہ آہستہ اپنے بزرگوں کی بنوائی ہوئی مسجد کے صحن میں چلنے لگا۔ مسجد کے ایک جانب حجرے میں ایک سفید ریش بزرگ بیٹھے تسبیح پڑھ رہے تھے۔ وہ پہچان گیا۔ یہ وہی مولوی صاحب تھے جو اسے قرآن شریف پڑھانے آیا کرتے تھے۔ اس نے حجرے کی طرف بڑھ کر انہیں سلام کیا۔

"وعلیکم السلام — کون ہے ؟" نابینا مولوی صاحب کا ہاتھ تسبیح پر چلتے چلتے رک گیا۔

"کیا آپ بھی مجھے نہیں پہچانیں گے ؟" اس کی آواز بھر گئی۔

" بیٹا آنکھوں سے معذور ہوں، کچھ کہو تو سمجھوں۔ لگتا ہے تم۔ " مولوی صاحب رک گئے۔

" ہاں مولوی صاحب میں ہو خالد۔ خالد۔"

" تم خالد میاں —پاکستان سے آئے ہو کیا؟" مولوی صاحب نے ٹٹولنے کے لئے ہاتھ اٹھائے۔ " یہاں آؤ بیٹے۔ میرے قریب آؤ۔ میں تو آنکھوں سے معذور ہو گیا۔"

وہ مولوی صاحب کے قریب چلا گیا۔ مولوی صاحب نے اسے چمٹا لیا۔ اس کی آنکھوں سے خود بہ خود اشک بہنے لگے۔

" یہ کیا ہو گیا مولوی صاحب۔ یہ سب کیسے ہوا۔ چچا میاں کہاں چلے گئے؟" اس نے اپنے اوپر قابو پانے کی کوشش کی۔

" بیٹا وقت کے ہاتھوں سب کچھ لُٹ گیا۔ گاؤں تو پہلے ہی نکل چکے تھے۔ جو کچھ جائیداد بچی وہ مقدموں کی نذر ہو گئی۔ تمہارے چچا میاں حویلی نیلام کر کے شہر چلے گئے۔ بیٹا بڑی بری حالت ہو گئی ہے۔ جب سے تم لوگ گئے ہو، محلے کے کچھ لوگ میرے آگے بھیک کی طرح کھانا ڈال دیتے ہیں۔ نہ جانے خدا کب اٹھائے گا۔" مولوی صاحب نے آنکھوں کی نمی کو رومال سے خشک کیا۔ "تم کب آئے بیٹا قاضی صاحب کس حال میں ہیں؟"

" سیدھا ادھر ہی آیا ہوں۔ ابا جان کو بھی بڑھاپے نے آگھیرا ہے۔ مولوی صاحب میں تو کہیں کا نہیں رہا۔ پاکستان میں یہاں سے گئے ہوئے مسلمانوں کی بڑی بُری حالت ہے۔ نوکری بھی مشکل سے ملتی ہے۔ یہاں سب کچھ لُٹ گیا۔" اس کی

آنکھیں پھر اُمنڈ آئیں۔ مولوی صاحب نے پدرانہ شفقت کا ہاتھ اس کے سر پر پھیرتے ہوئے کہا۔

"رو نہیں بیٹا۔ خدا بڑا رحیم ہے کوئی راہ نکالے گا۔"

"کیا آپ کو سکھیر پور والے خالو جان کے بارے میں کچھ معلوم ہے؟"

"جب تک تمہارے چچا میاں یہاں تھے کبھی کبھی خبر مل جایا کرتی تھی لیکن اب مدّت سے کوئی خبر نہیں ملی۔ نہ جانے کس حال میں ہوں گے؟"

اور پھر اس نے مولوی صاحب سے رخصت لے کر سکھیر پور کے لیے تانگا کیا۔ اس کے ذہن میں بُرے بُرے خیالات گھر بنا رہے تھے۔ سکھیر پور بھی بالکل بدل گیا تھا۔ خالو جان کی حویلی پر پہنچ گیا، لیکن اسے یقین نہیں آرہا تھا کہ یہ وہی حویلی ہے جو کسی زمانے میں دلہن کی طرح سجی رہتی تھی۔ لیکن اب جگہ جگہ سے دیواریں زمین سے جا لگی تھیں۔ دروازے کے بڑے بڑے پھاٹکوں سے برادہ جھڑ رہا تھا۔ اس نے لوہے کی بھاری زنگ آلود زنجیر کھٹکھٹائی۔ ایک بچہ میلے سے کپڑے پہنے اس کے سامنے آکر کھڑا ہو گیا۔

" یوں کہنا رحیم گڑھ والے بھیّا آئے ہیں۔"

بچہ تیزی سے اندر چلا گیا۔ وہ بھی بچے کا انتظار کیے بغیر اندر داخل ہو گیا۔ صحن کی کچّی زمین نہ جانے کب سے لپی نہیں تھی۔ دو ایک پرانے بانوں کی خستہ حال اونچی اونچی چارپائیاں اپنی کہانی آپ سنا رہی تھیں۔ دیواروں پر سفیدی نہ ہونے کے سبب لونی کی پرتیں جم گئی تھے۔ بچہ نے اندر جا کر کہہ دیا تھا۔ رحیم گڑھ کا نام سن کر ایک بوڑھی عورت جس کے بال تقریباً سفید ہو چکے تھے، کمر قدرے جھکی ہوئی تھی،

صحن میں آئی۔ اس نے بوڑھی عورت کو پہچان کر سلام کیا۔

"کون ؟ خالد بیٹے۔ آؤ میرے لال۔ کب آئے ؟" خالہ بی نے اپنی بہن کی نشانی کو گلے سے لگالیا۔

"جی آج ہی آیا۔ خالہ بی یہ سب کیا ہوگیا۔ آپ کی یہ کیا حالت ہوگئ ؟"

"ہوتا کیا بیٹا۔ قسمت کا لکھا ہوا پورا کر رہے ہیں۔" خالہ بی اس کے کندھے سے لگ کر رونے لگیں اس کا درد سے بھرا ہوا دل پھر رو پڑا۔ وہ بے چینی سے نظریں ادھر اُدھر دوڑا رہا تھا لیکن چند چھوٹے چھوٹے بچوں کے سوا کوئی دکھائی نہ دیا۔ باورچی خانے سے دھواں نکل رہا تھا۔ خالہ بی نے آنسو پونچھتے ہوئے کہا۔

" بیٹے تم نے آنے میں اتنے دن لگا دیے۔ شازیہ تمہارا انتظار کرتے کرتے نہیں تھکی تو اس کے دل سے مسرت کی دھڑکنوں کی آواز آنے لگی۔ وہ بے قرار ہوگیا۔

"وہ کہاں ہے۔"

"شازیہ بیٹے دیکھوں کون آیا ہے۔" خالہ بی نے آواز تو دے دی لیکن بعد کو پچھتاوا سا ہوا۔ اس کا دل تیزی سے دھڑکنے لگا۔ وہ شازی کو حاصل کرنے لیے ہی تو پاکستان سے آیا تھا۔ خالہ بی پان کھانے اندر چلی گئیں۔ باورچی خانے سے میلے کپڑوں کو صاف کرتی ہوئی ایک عورت نکلی۔ وہ کھڑا ہو گا اس کے منہ سے یک لخت نکلا "شازی"۔

شازیہ شاید اپنے پردیسی محبوب کو دیکھنے کے لیے باہر نکلی تھی۔ اُس کے چہرے کی گلابی رنگت زردی اختیار کر چلی تھی۔ اس کی آنکھوں کے گرد سیاہ حلقے

صاف نمایاں تھے۔ گلاب کی پنکھڑی جیسے نازک ہونٹوں پر پپڑیاں جمی ہوئی تھیں۔ اس کے ریشم سے ملائم بالوں میں چاندی کے تار چمکنے لگے تھے۔ وہ بے اختیار اس کی طرف بڑھ گیا اور اس کے بازوؤں کو تھام لیا۔

" یہ کیا ہو گیا شازی تمہیں۔ تم بولتی کیوں نہیں۔ میں ہوں تمہارا خالد۔ بولو نا۔ میں پاگل ہو جاؤں گا۔"

لیکن شازیہ اسے گھورے جا رہی تھی۔ اس کی آنکھوں کی نمی سمٹ کر اس طرح پلکوں پر ٹھہری گئی تھی جیسے سوکھی ہوئی پنکھڑی پر شبنم کے قطرے جم گئے ہوں۔ اس نے شازیہ کو جھنجھوتے ہوئے کہا۔

" شازیہ تم خاموش کیوں ہو۔ میں اب بھی تمہارا ہوں۔ صرف تمہارا۔ میں تمہیں اپنے ساتھ لے جاؤں گا۔"

"تم نے بہت دیر کر دی خالد !" شازیہ نے اس کے ہاتھوں کو الگ کرتے ہوئے کپکپاتے ہونٹوں سے کہا اور چہرے کو ہاتھوں میں چھپا کر باورچی خانے کے گندے دھوئیں میں گھس گئی۔ وہ بھی کچھ نہ کہہ سکا۔ اُس نے گھوم کر دیکھا۔ ایک ادھیڑ عمر کا شخص گھر میں داخل ہو رہا تھا۔ بچے ابّو، ابّو کی آواز لگا کر اس کی طرف دوڑنے لگے وہ دیکھتا رہ گیا اُسے لگا جیسے ہندوستان اور پاکستان کے راستے ایک بار پھر ہمیشہ کے لیے بند ہو گئے اور وہ پاکستان میں گھر گیا۔

***

۶

آخری کوشش

جیل کی آہنی سلاخوں کے اندر رہتے ہوئے اسے پورا ایک مہینہ ہو چکا تھا۔ اس کے بدن کا ایک ایک جوڑ درد سے کراہ رہا تھا۔ کون کون سی اذیتیں تھیں جو اسے نہ دی جا چکی تھیں۔ لیکن وہ پتھّر کا آدمی خاموش تھا۔ جیل کے حکام گرمی میں زبان نکال کر ہانپتے ہوئے کتّوں کی طرح نالیوں میں بیٹھ چکے تھے۔ اور وہ خاموش آدمی دور لیکن بہت نمایاں منظر کو دیکھنے میں اس قدر محو تھا کہ اپنے قریب کی چیزیں اس کی نظروں سے اوجھل ہو گئی تھیں۔۔۔۔۔۔

انسانوں کے جسموں سے ابلتے ہوئے سرخ فوارے ہولی کے رنگ کی طرح سڑکوں کو رنگین کر رہے تھے۔ عورتوں اور بچّوں کی چیخ و پکار نے آسمان کے رونگٹے کھڑے کر دیئے تھے۔ ہاتھوں سے ٹوٹ ٹوٹ کر گرتی ہوئی چوڑیوں کے بوجھ سے زمین کانپنے لگی تھی۔ مانگوں سے سندور اُڑنے لگا تھا۔ دن کے اُجالے اور رات کے اندھیرے میں پکّی اور ادھ پکّی کلیاں 'اشرف المخلوقات' کے ہاتھوں بے دردی سے ٹوٹتی دیکھ کر قدرت انگشت بدنداں تھی۔ خون پسینے سے بنائے ہوئے لوگوں کے آشیانے اُجڑ رہے تھے۔ عجیب افراتفری کا ماحول تھا۔ ہر شخص اپنی زندگی کی حفاظت

کے لئے اِدھر اُدھر چھپتا پھر رہا تھا۔ اس نے بھی اس طوفان سے بچنے کے لئے اپنے گھر کے تمام دروازوں کو مقفل کر لیا تھا۔ لیکن چادر اوڑھ لینے سے کب کوئی بارش سے بچ سکا ہے۔ اچانک اتنی زبردست آندھی دروازے سے ٹکرائی کہ دیواریں ہلتی ہوئی محسوس ہوئیں۔ دل کی حرکتیں ٹھہرتی ہوئی معلوم ہوئیں۔ انجلا، سونیا اور اُرمِلا خوف سے لرز گئیں اور اس کے اندر جذب ہونے کے لئے بے اختیار اس سے لپٹ گئیں۔ وہ خود گھبرایا ہوا تھا۔ دروازہ کھولنا موت کو دعوت دینا تھا۔ دروازہ برابر چیخ رہا تھا۔ اس کی دلخراش چیخوں سے جانے کتنے معصوم دلوں کی دھڑکنیں تیز ہوگئی تھیں۔ اچانک اسے لگا جیسے صحن میں کوئی کُودا اور تیزی سے اس کمرہ کی طرف بڑھ آیا، جس میں وہ چاروں پناہ گزیں تھے۔ اب انہیں یقین ہو گیا کہ چند لمحوں میں کمرے کا دروازہ زمین سے جا لگے گا۔ اور ان کے جسموں سے خون کے فوارے بہنے لگیں گے۔ ان کی نظروں میں ایک دوسرے کے خون میں لتھڑے ہوئے جسم نظر آنے لگے، دروازے پر آہستہ سے دستک ہوئی۔

"رنجو کھولو - دروازہ کھولو رنجو - میں ہوں مجیدؔ - جلدی کرو رنجو - جلدی کھولو۔"

مجید رنجو کا پڑوسی تھا۔ بچپن ہی سے دونوں ساتھ ساتھ پڑھتے اور کھیلتے تھے۔ رنجیت تو پڑھ کر ایک بڑا افسر بن گیا تھا لیکن مجید پانچویں، چھٹی جماعت تک پڑھ کر باپ کے ساتھ پھلوں کے کاروبار میں لگ گیا۔ رنجیت لاکھ بڑا افسر بن گیا لیکن ان دونوں کی دوستی میں ذرا بھی فرق نہیں آیا تھا۔ دونوں جب ملتے تو اس طرح بغلگیر ہو جاتے جیسے برسوں کے بچھڑے ہوئے یار ملے ہوں۔ عید کی سوئیاں رنجیت، مجید

کے یہاں بڑی بے تکلفی سے کھایا کرتا تھا اور مجید ہی کی طرح نئے کپڑے پہن کر اس کے ساتھ گھومتا۔ ہولی کے رنگوں سے مجید اپنے سارے کپڑوں کو اس طرح رنگ لیتا کہ مجید خاں اور مجید سنگھ میں امتیاز کرنا دشوار ہو جاتا۔ ہندوستان کی تقسیم کا جب ذکر چلا تو مجید اور رنجیت نے یہ عہد کیا تھا کہ لاہور چاہے ہندوستان میں رہے یا پاکستان میں لیکن ہم لوگ لاہور ہی میں رہیں گے۔ مجید نے پھلوں کی تیار کی ہوئی اپنے بازوؤں کی مچھلیوں کو ابھارتے ہوئے کہا تھا:

"ہے کوئی مائی کا لال، ہم تم کو علیحدہ کر دے، سیب کی طرح کاٹ کر رکھ دوں گا۔"

اتفاق کی بات جن دنوں یہ تاریخی حادثہ پیش آیا۔ مجید کابل میں تھا۔ سنتے ہی فوراً واپس آگیا۔ یہاں آکر عجیب منظر دیکھا۔ بڑے بڑے ہندو خاندان اپنی لمبی چوڑی کوٹھیوں کو چھوڑ کر خالی ہاتھ ہندوستان کی طرف ہجرت کر رہے تھے۔ دوسری طرف ہندوستان کے مسلمان اپنے بھرے پُرے گھروں کو چھوڑ کر پاکستان آرہے تھے۔ جس کو کوئی خالی مکان مل جاتا اسی پر قبضہ کر لیتا۔ بہت سے امیر اس تقسیم میں بھیک مانگنے لگے اور بہت سے فقیر دولت خاں اور دھنی رام بن گئے۔ مجید کو فوراً رنجیت کا خیال آیا۔ وہ سوچنے لگا۔ کہیں رنجیت بھی ہندوستان کے لئے روانہ نہ ہو گیا ہو، یا زبردستی نکال دیا گیا ہو۔ جیسے ہی وہ اپنے محلے میں داخل ہوا اس کے کانوں سے نعرۂ تکبیر اللہ اکبر کی زور دار صدا ٹکرائی۔ ویسے تو وہ پورے شہر میں اس طرح کی صدائیں سنتا چلا آرہا تھا۔ لیکن یہاں کچھ زیادہ ہی ہنگامہ تھا۔ وہ دوڑ کر اپنے گھر میں گھس گیا۔ گھر میں صرف عورتیں ہی تھیں۔ ایک جانب بوڑھا باپ اپنی

کھانسی کو روکنے کی کوشش کر رہا تھا۔ باپ کے بلانے پر مجید اس کے پاس چلا گیا۔ اس نے اپنی کھانسی پر قابو پاتے ہوئے مجید سے کہا:

"بیٹے! اس وقت تم اپنی دوستی کا حق ادا کرو — دیکھو غنڈے رنجو کا دروازہ توڑے ڈالتے ہیں — تھوڑی دیر میں دروازہ ٹوٹ جائے گا — اور وہ سب کو مار ڈالیں گے — بیٹے وہ ہندو ہیں تو کیا ہوا آخر انسانیت بھی تو کوئی چیز ہے — جاؤ انہیں اس گھر میں لے آؤ — اگر وہ کہیں تو حفاظت سے ہندوستان پہنچانے کا انتظام کر دینا۔"

مجید اور رنجیت کے گھر میں صرف ایک دیوار کی دوری تھی۔ وہ دیوار کود کر رنجیت کے گھر پہنچ گیا۔ اس وقت رنجیت کے گھر والے عجیب کش مکش میں مبتلا تھے۔ وہ طے نہیں کر پا رہے تھے کہ دوروازہ کھولے یا نہیں۔ آخر مجید بھی تو مسلمان ہے۔ وہ ہی ہمارا کیوں بھلا چاہنے لگا۔ ممکن ہے وہ باتیں بنا کر دروازہ کھلوانا چاہتا ہے۔ مجید برابر پکار رہا تھا۔

"رنجو دیر مت کرو — جلدی دروازہ کھولو"

"مجید ہمیں ہمارے حال پر چھوڑ دو — ہم نہیں چاہتے کہ ہمارا قاتل ہمارا ------" رنجیت کی مری ہوئی آواز نکلی لیکن اس نے بات پوری نہیں کی۔

"رنجیت، تم مجھ پر — اتنا ذلیل مت سمجھو — دیکھو جلدی دروازہ کھول دو — باہر کا دروازہ ٹوٹنے ہی والا ہے۔"

اور پھر رنجیت نے یہ سوچ کر دروازہ کھول دیا کہ مرنا تو ہے ہی — خواہ کسی کے ہاتھ سے — دروازہ کھلتے ہی مجید فوراً ان چاروں کو باہر لے آیا۔ رنجیت کو یہ دیکھ کر تعجب ہوا کہ اس کے ہاتھ میں کوئی ہتھیار نہ تھا۔ ان لوگوں نے اپنی چیزیں تھوڑی

تھوڑی کر کے الگ الگ باندھ کر آپس میں بانٹ لی تھیں۔ یہ سوچ کر شاید کبھی بھاگنے کا موقع مل جائے۔ مجید نے جلدی جلدی ان چاروں کو دیوار سے اپنے گھر میں اُتارا۔ ان سب کے اُترتے ہی ایک زور دار دھماکہ ہوا جس سے عورتوں کی چینخیں نکلتے نکلتے رہ گئیں۔ رنجیت کا دروازہ ٹوٹ کر گر چکا تھا۔ اور دروازہ توڑنے والے تیزی سے اندر گھس آئے تھے۔ مجید نے سکون کا سانس لیا۔ اور ان لوگوں کو اپنے گھر میں چھپا دیا۔ رنجیت کا برسوں کی محنت سے بنایا ہوا مکان اُجڑ چکا تھا۔ اس کے کانوں سے اس کے گھر سے آنے والی آوازیں ٹکرائیں :

"سالے بھاگ گئے ؟"

"ابے یار اس کے ہاں دو لونڈیئے بھی تو تھیں ؟"

"جائیں گے کہاں بھاگ کر"

رنجیت نے یہ آواز پہچان لی تھی۔ یہ مسیتے ٹال والے کی آواز تھی جس سے بہت دن پہلے کچھ تو تو میں میں ہو گئی تھی۔ شاید آج بدلہ لینے آیا تھا۔ مسیتے نے زور سے آواز لگائی:

"لگا دیؤ سالے کافر کے گھر میں آگ -لوٹ لیؤ سب"

مسیتے کے ساتھیوں نے سامان توڑنا پھوڑنا شروع کیا۔ مجید لاٹھی لے کر دیوار کی طرف دوڑا۔ رنجیت نے اسے پکڑ لیا۔

"نہیں جاؤ مجید — لوٹنے دو" لیکن مجید تڑپنے لگا۔

"چھوڑ دو رنجو! — دیکھوں سالوں کو کیسے لوٹتے ہیں — حرام کا مال سمجھ رکھا ہے۔"

رنجیت نے اسے چھوڑا نہیں۔

"مجید تم اگر وہاں جاؤ گے تو میری لاش دیکھو گے، تمہیں میری قسم"۔

مجید ڈھیلا پڑ گیا۔ رنجیت اس کی جان بچانا چاہتا تھا کیونکہ اسے لگ رہا تھا کہ یہاں پر اگر کوئی ساتھ دے سکتا ہے تو وہ صرف مجید ہے اور اگر مجید ہی چلا گیا تو پھر وہ تنہا رہ جائیں گے۔ تھوڑی دیر تک توڑ پھوڑ کی آوازیں آتی رہیں۔ پھر وہ ہنگامی جلوس اللہ اکبر کے نعرے لگاتا ہوا آگے بڑھ گیا۔ ایسا لگتا تھا کہ یہ آج کسی غیر مسلم کو پاکستان میں نہیں رہنے دیں گے۔ آہستہ آہستہ وہ آوازیں دور ہوتی چلی گئیں۔ رنجیت اور اس کے گھر والوں کو یقین ہوا کہ وہ زندہ ہیں۔ رنجیت نے مجید کو تشکّر آمیز نگاہوں سے دیکھا۔

"مجید — مجھے فخر ہے کہ تم میرے دوست ہو۔ تمہارے اس احسان کا بدلہ میں زندگی بھر نہ چکا سکوں گا۔"

"پاگل ہو گئے ہو کیا—؟ احسان کیسا؟ —ہاں اگر میں نہ آپاتا تو زندگی بھر اپنے آپ سے شرمندہ رہتا۔ رنجو! اُرملا اور سونیا میرے لیے سائرہ اور طاہرہ کی طرح ہیں۔ اب جب تک حالات ٹھیک نہیں ہوتے، تم اسی گھر میں رہو۔ تمہیں کوئی تکلیف نہیں پہنچا سکے گا۔"

"نہیں مجید! اب ہم ہندوستان جائیں گے۔ دلّی میں سُرجیت کا بڑا بزنس ہے۔ سب ٹھیک ہو جائے گا۔"

"تم یہیں رہو گے۔ بھول گئے ہم نے وعدہ کیا تھا۔" مجید نے رنجیت کی بات کاٹی۔

مجید ہمیں جانے دینا۔ تمہارا اتنا اور احسان ہو گا کہ ہمیں لاری میں سوار کرادینا۔" رنجیت بہت زیادہ خوفزدہ ہو گیا تھا۔ اس نے ہندوستان جانے کا ارادہ پکّا کرلیا تھا۔ وہ سوچ رہا تھا، جیسا گھر وہ یہاں چھوڑ کر جارہا ہے ویسا ہی اسے وہاں مِل جائے گا۔ مجید نے محسوس کرلیا کہ اب وہ یہاں نہیں رہیں گے۔

"دیکھو رنجو! تم نے پھر احسان کہا—احسان کیسا—؟ رنجو! دل تو نہیں چاہ رہا ہے کہ تم یہاں سے جاؤ۔ ہمیشہ ساتھ رہے، اب ساتھ چھوٹ جائیگا۔ لیکن تم جانا ہی چاہتے ہو تو تمہاری مرضی۔ خدا تمہاری حفاظت کرے۔ لیکن تم وہاں جاکر اپنی خیریت کی اطلاع ضرور دیتے رہنا۔ اور جب کبھی موقع ہو، ملنا۔" مجید کی آواز بھرّا گئی۔

دوسرے دن مجید سب کی نظروں سے بچاتا ہوا ان لوگوں کو لاری میں سوار کرانے کے لیے ساتھ ساتھ گیا۔ لاری میں سوار ہوتے وقت وہ دونوں اس طرح بغل گیر ہوئے جیسے اب کبھی نہ مل سکیں گے۔ ان کی آنکھیں چھلک آئی تھیں۔ لاری بالکل بھری ہوئی تھی۔ مجید جاتی ہوئی لاری کو اس وقت تک دیکھتا رہا، جب تک وہ نظر آتی تھی۔

ہندوستان دو ملکوں میں تقسیم ہو چکا تھا۔ درمیان میں سرحد قائم ہو گئی۔ سرحد پر پہنچ کر تمام سواریاں لاری سے اُتاری گئیں۔ یہاں سے دوسری لاری میں سوار ہونا تھا۔ بھیڑ بکریوں کی طرح بھری ہوئی سواریوں نے اُترنا شروع کیا۔ رنجیت انجلا کے ساتھ آگے کے دروازے سے اُتر کر سونیا اور اُرملا کے اُترنے کا انتظار کرنے لگا۔ لیکن تمام سواریاں اُتر جانے کے باوجود بھی وہ نہیں اُتریں۔ کئی اور لوگ بھی اپنی

سواریوں کو تلاش کررہے تھے۔ رنجیت کی فکر مند نظریں بے چینی سے اِدھر اُدھر دوڑ رہی تھیں۔ اس نے لاری کے اندر جھانکا۔ لاری بالکل خالی تھی۔ اُسے اچھی طرح یاد تھا کہ وہ دونوں اس کے پیچھے پیچھے ہی چڑھی تھیں۔ وہ تیزی سے ڈرائیور کی طرف بڑھا۔

"اس میں دو لڑکیاں سوار ہوئیں تھیں۔ وہ کہاں گئیں؟"

ڈرائیور نے ایک بار اس کے چہرے کو دیکھا اور مسکرایا۔

"ابے مجھے کیا معلوم — بھاگ گئی ہوں گی کسی کے ساتھ۔ آج کل تو لونڈیئے بڑی سستی ہو رہی ہیں، کوئی اور دیکھ لے۔"

رنجیت کے جی میں آیا کہ وہ ڈرائیور کا منہ نوچ لے، لیکن اس کی حیثیت تو یہاں دن کے تارے کی سی تھی، جس کی چمک پر آفتاب کی روشنی غالب آجاتی ہے۔ وہ خاموشی سے وہاں سے ہٹ گیا۔ وہ سوچنے لگا لاری راستے میں دو مرتبہ رُکی کیوں تھی؟ پاس کھڑا ہوا ایک بوڑھا آدمی اس کے قریب آیا جو اُسی لاری سے اُترا تھا۔

"بیٹے کیا تمہارے ساتھ بھی لڑکیاں تھیں؟ — راستے میں جو ذرا سی دیر کو لاری رُکی تھی۔ اس تھوڑے سے وقت میں پچھلی کھڑکی سے دو تین لڑکیوں کو نیچے اتار لیا گیا تھا۔" بوڑھا اتنا کہہ کر دوسری طرف چلا گیا۔

وہاں کوئی کسی کا غمخوار نہیں تھا۔ ہر شخص اپنی ذات میں گُم تھا۔ مال بدلا جارہا تھا۔ ہندوستان کا ایسا مال جو پاکستان جانا چاہتا تھا، پاکستان بھیجا جارہا تھا، جو کچھ دن پہلے ہندوستان ہی تھا۔ اور پاکستان کا مال ہندوستان بھیجا جارہا تھا جس کا جنم ہندوستان کے

دائیں بائیں پہلوؤں سے ہوا تھا۔ رنجیت خاموشی سے انجلا کے قریب آکر کھڑا ہوگیا۔ نہ انجلا نے کچھ پوچھا، نہ ہی اس نے کچھ بتانا چاہا۔ اس کی متفکر نگاہیں بار بار آتی ہوئی لاریوں میں سے اُترتی ہوئی سواریوں پر پڑ رہی تھیں۔ لیکن مایوسی کے سوا کچھ بھی نہ تھا۔ اندھیرا آہستہ آہستہ بڑھتا جارہا تھا۔ جو مسافر بچے ہوئے تھے، وہ وہیں آرام کررہے تھے۔ رنجیت اور انجلا بھی بیٹھ گئے۔ انجلا نے ایک کپڑے میں لپٹے ہوئے آلو بھرے پراٹھے نکالے جو مجید کی ماں نے ان لوگوں کے لیے بناکر رکھ دیئے تھے۔ دل تو بالکل نہ چاہ رہا تھا، لیکن بھوک پریشان کررہی تھی۔ تھوڑا بہت کھایا، باقی باندھ کر رکھ دیا۔ لاریاں اب بھی آجارہی تھیں، لیکن سونیا اور اُرملا کا کہیں پتہ نہ تھا۔ رات کی سیاہی تیز ہوتی جارہی تھی۔ تھکے ماندے، بے گھر مسافر تھکے ہوئے پرندوں کی طرح شاخوں پر اُونگھ رہے تھے۔ رنجیت اور انجلا بھی کچھ دور لیٹ گئے۔ لیکن نیند ان کی آنکھوں کے آس پاس بھی نہ تھی۔ ایسے میں نیند آتی بھی کیسے، جب دو جوان لڑکیاں اچانک غائب ہوگئی ہوں۔ رات کے اس نیم سنّاٹے میں دور ایک باغ کی جانب سے ہواؤں کے دوش پر لہراتی ہوئی ایک مظلوم کی چیخ سنائی دی۔

"بچاؤ۔۔۔بچاؤ"

لیکن کوئی اس چیخ پر چوکا نہیں۔ جب سے اس ہجرت کا آغاز ہوا ہے، ہر رات اور اکثر دن میں بھی اس طرح کی چیخیں سنائی دیتی ہیں۔ سنتے سنتے لوگوں کو عادت سی پڑگئی ہے۔ لیکن رنجیت اس چیخ پر چونک پڑا۔ اُسے لگا جیسے یہ آواز اس کے اپنے خون کی ہے۔ انجلا اس آواز کی طرف بھاگتے بھاگتے رہ گئی۔ رنجیت دوڑ پڑا۔ یہ اُرملا

کی آواز تھی۔ رنجیت کے پیچھے پیچھے انجلا بھی بھاگنے کی کوشش کر رہی تھی۔ لیکن وہ بھاگتے بھاگتے راستے ہی میں ساڑی سے الجھ کر گر گئی۔ رنجیت بہت جلد اُرملا کے قریب پہنچ گیا۔ دوڑ کر آتی ہوئی اُرملا اس سے لپٹ گئی۔ اس کے تمام کپڑے پھٹ چکے تھے۔ جسم بُری طرح کانپ رہا تھا۔ رنجیت نے اسے بازوؤں کا سہارا دیا۔

"کیا بات ہے بیٹی؟"

"بابا — بابا — بچاؤ — بچاؤ — دیدی — بچاؤ"

رنجیت سمجھ گیا، اُرملا کو آہستہ سے زمین پر لٹایا اور تیزی سے سونیا کو بچانے کے لیے باغ کی طرف دوڑا۔ اُرملا بے ہوش ہو چکی تھی۔ اندھیرے باغ میں وہ اس جانب بڑھا، جہاں سے کچھ قہقہے بلند ہو رہے تھے اور کچھ گھٹی گھٹی آوازیں بلند ہو رہی تھیں۔ رنجیت جیسے ہی ان کے قریب پہنچا، اس کے سر پر کسی نے پوری طاقت سے لاٹھی ماری۔ وہ چکرا کر گر گیا۔

"دیکھا بابو ہم سے دُشمنائی لینے کا مزہ!"

رنجیت آواز کو پہچان گیا۔ یہ اسی مسیتے کی آواز تھی۔ جس نے رنجیت سے لڑائی ہوتے وقت کہا تھا۔

"تیری تو میں نے زبان نہ کھنچوا لی تو میرا نام مسیتے نہیں۔"

رنجیت نے آنکھیں کھول کر اطراف کا جائزہ لیا۔ کئی بھیانک آدمی اس کے اِرد گرد کھڑے تھے، اچانک اس کی نگاہ اس جگہ پر پہنچی جہاں سونیا بالکل برہنہ حالت میں پڑی ہوئی ہانپ رہی تھی۔ رنجیت نے تیزی سے اٹھنے کی کوشش کی لیکن مسیتے کی ایک ٹھوکر نے اسے پھر اوندھے منہ گرا دیا۔

"جاتا کہاں ہے — اس کا کیا کرے گا اب — آج تو تجھ سے وعدے پورے کرنے ہیں۔"

تقریباً پندرہ دن بعد جب رنجیت کو ہوش آیا تو وہ کسی دوسرے ہی مقام پر تھا۔ اب وہ تنہا تھا۔ انجلا، اُرملا اور سونیا ہندوستان کی تقسیم کے ساتھ اس سے بچھڑ چکی تھیں۔ کئی روز تک رنجیت امرتسر کے ایک اسپتال میں داخل رہا۔ اسپتال سے نکلنے کے بعد جگہ جگہ وہ اپنے گھر والوں کو تلاش کرتا رہا۔ لیکن انہیں نہ ملنا تھا، نہ ملے۔ اسے سب کچھ یاد تھا کہ کس طرح انجلا بھاگتے بھاگتے گر پڑی تھی۔ اُرملا اس کی بانہوں میں آکر بے ہوش ہوگئی تھی۔ سونیا درندوں کے درمیان بالکل برہنہ زمین پر پڑی ہوئی تھی۔ وہ ان سب مناظر کو بھُلا نہ سکا۔ بھول بھی کیسے سکتا تھا۔

جب سے رنجیت ہندوستان آیا تھا، اُسے کسی نے بولتے ہوئے نہیں دیکھا تھا۔ وہ ہمیشہ خاموش رہتا۔ اب وہ کچھ برسوں سے پاکستان جاکر اپنے گھر والوں کو تلاش کرنا چاہتا تھا۔ لیکن جاتا کیسے؟ اس کے پاس پیسے بھی تو نہ تھے۔ مسلسل اس بات کی کوشش کرتا رہا کہ کہیں سے پیسوں کا انتظام ہوجائے، لیکن بہ یک وقت اسے اتنے پیسے نہ مل سکے۔ جانے کتنے بھائی بہن، ماں بیٹے اور دوسرے رشتے دار ہندوستان پاکستان میں ایسے ہوں گے جو صرف اس وجہ سے آپس میں نہیں مِل سکتے کہ ان کے پاس فاصلوں کو طے کرنے کے لئے پیسے نہیں ہیں۔

جب سے ہندوستان و پاکستان میں سمجھوتہ ہوکر آمد و رفت شروع ہوئی۔ رنجیت پاکستان جانے کے لیے اور بھی بے چین ہوگیا۔ اس بار اس نے طے کرلیا تھا کہ وہ کسی طرح بھی پاکستان ضرور جائے گا، اور پھر ایک دن وہ بغیر ٹکٹ و پاسپورٹ

کے امر تسر سے لاہور جانے والی گاڑی میں سوار ہو گیا۔ اِدھر اُدھر ڈبّے تبدیل کرتا ہوا وہ پاکستان کی سرحد تک پہونچ ہی گیا۔ لیکن جب وہاں پر پولیس نے گاڑی چیک کی تو زیادہ دیر تک وہ ان کے ہاتھوں نہ بچ سکا۔ اس نے ایک ٹوائیلیٹ میں گھس کر اندر سے دروازہ بند کر لیا۔ لیکن دروازہ کھول لیا گیا اور اسے گرفتار کر کے امر تسر روانہ کر کر دیا گیا۔

امر تسر جیل میں پہنچ کر اس کی تلاشی لی گئی۔ اس کے پاس کچھ بھی نہ تھا۔ طرح طرح کی تکلیفیں دے کر اس سے پوچھا گیا، لیکن اس کے منہ سے ایک حرف بھی نہ نکلا۔ اس کی مسلسل خاموشی نے جیل کے حکام کو اور بھی شبہات میں مبتلا کر دیا۔ شاید رنجیت اب مرنا چاہتا تھا۔ وہ اب تک اس امید پر زندہ تھا کہ اس کے گھر والے اسے مل جائیں گے۔ لیکن اب اسے ذرا بھی امید نہیں تھی، وہ جیل کی چہار دیواری میں رہنا نہیں چاہتا تھا اور پھر ایک دن لوگوں نے دیکھا کہ اس بوڑھے رنجیت نے اس طرح جیل کی پتھریلی دیوار سے اپنے سر کو ٹکرایا جیسے کوئی خطرناک جنگلی بھینسا پوری طاقت کے ساتھ حملہ آور ہوتا ہے۔ جیل کے سبھی حکام اور قیدی اس کی طرف دوڑ پڑے۔ ایک کانسٹبل دوڑ کر پانی لایا۔ لیکن جب جیلر نے پانی پلانے کے لئے اس کا منہ کھولا تو اس کا ہاتھ کپکپا گیا۔ اس کے ہاتھ سے گلاس گرتے گرتے بچا۔ جیلر سمجھ گیا کہ یہ شخص اب تک کیوں خاموش تھا۔ رنجیت کے منہ میں زبان نہیں تھی۔ ہندوستان کی تقسیم نے اس کے منہ سے زبان چھین لی تھی تاکہ وہ آنکھوں سے دیکھی ہوئی اپنے گھر کی تباہی کو کسی کے سامنے بیان نہ کر سکے۔ رنجیت ہمیشہ کے لئے جاچکا تھا۔

ہلکی ہلکی گرم ہوا چل رہی تھی۔ درختوں پر گرمی سے ہانپتے پرندے خاموش بیٹھے یہ سب کچھ دیکھ رہے تھے جیسے ان کی بھی زبانیں چھین لی گئی ہوں تاکہ جیل کے اندر ہونے والی باتوں کو باہر تک نہ پہنچا سکیں۔

***

۷

واپسی

پندرہ سال کی طویل مدت کے بعد جیل کے آہنی پھاٹک کی کھڑکی سے ایک بوڑھے نے نکل کر باہر کی فضا کو اس طرح اجنبی نگاہوں سے دیکھا جیسے کسی دیہاتی کو لال قلعہ کے دیوانِ عام میں چھوڑ دیا گیا ہو۔ بوڑھے کی ضعیف آنکھوں کے گرد سیاہی نمودار تھی۔ چہرے پر سیاہ اور سفید بالوں کی داڑھی بُھٹے میں لگے الجھے ہوئے ریشوں کی طرح لگ رہی تھی۔ اس کے لاغر جسم پر جھولتے ہوئے کپڑے ایسے معلوم ہو رہے تھے جیسے کسان نے بانسوں کے بنے ہوئے آدمی کو کپڑے پہنا کر کھیت میں کھڑا کر دیا ہو۔ اس کے آہستہ آہستہ چلتے ہوئے قدموں سے دنیا کی نہیں بلکہ چاند کی زمین کا احساس ہو رہا تھا۔ اسے خوش آمدید کہنے کے لیے دور دور تک کوئی نہیں تھا۔ اور وطن سے اتنی دور ہوتا بھی کون؟ اس کے خاندان والوں کو تو یہ بھی معلوم نہ تھا کہ وہ کس جیل میں ہے۔ کئی دن تک وہ ہڈیوں کا ڈھانچہ اپنے بھوکے پیٹ کو لیے اسی شہر میں ادھر اُدھر مورطاس کی طرح چکر کاٹتا رہا۔ بالآخر اس کی ضعیف لڑکھڑاتی ٹانگوں نے اپنے گاؤں کے راستے پر چلنا شروع کر دیا۔ اس کی نظروں میں اپنے گاؤں کی پندرہ برس پرانی تصویر اب بھی موجود تھی۔ لیکن گاؤں ترقی کی کئی

منزلیں طے کر چکا تھا۔ اپنے ہی گاؤں میں وہ ٹاؤن ایریا کے بنوائے ہوئے کھرنجے پر چلنے لگا۔ راستے کے دونوں طرف اچھی خاصی پختہ دکانیں اور مکانات تعمیر ہو چکے تھے۔ سڑک کے ایک طرف پختہ گودام کی عمارت گاؤں کی ابھرتی ہوئی عظمت کی نشاندہی کر رہی تھی۔ گودام کے ارد گرد بہت سارے مزدور کام میں لگے ہوئے تھے۔ ایک اونچے چبوترے پر گاؤ تکیے کا سہارا لیے ایک بھاری جسم کا آدمی بیٹھا ہوا ادھر ادھر نگاہیں دوڑا رہا تھا۔ چبوترے کے نیچے ایک مزدور لالا کے سامنے منتیں کر رہا تھا۔

"مالک! بس دوا کے لیے پیسے دے دو۔ میری بچّی تڑپ رہی ہے۔ زندگی بھر آپ کی غلامی کروں گا۔"

"چل چل کام کر پہلے، غلامی نہ کرے گا تو کھائے گا کیا۔" لالا نے جھڑک دیا۔ بوڑھے کو اس جوان مزدور کی یہ حالت دیکھ کر ترس آگیا جس کے گورے لیکن میلے چہرے پر بڑھی ہوئی داڑھی اور کپڑوں میں لگے ہوئے پیوند اس کی کہانی بیان کر رہے تھے۔ بوڑھا ترس کھانے کے سوائے کر بھی کیا سکتا تھا۔ وہ قریب ہی ایک ہوٹل کی بنچ پر بیٹھ گیا اور پاس بیٹھے ہوئے ایک سن رسیدہ آدمی سے پوچھنے لگا۔

"یہ لالا جی کون ہے؟"

اس آدمی نے حیرت سے بوڑھے کو دیکھا۔

"ارے بھائی! لالا رام دین کو نہیں جانتے؟"

"بابا میں یہاں کا رہنے والا نہیں۔ کیا یہ لالا جی اس گاؤں کے رہنے والے ہیں؟"

بوڑھے نے اپنے ہی وطن میں خود کو اجنبی ظاہر کیا۔

"ان کے توباپ دادا بھی اسی گاؤں کی مٹی سے پیدا ہوئے۔ شاید تم نے سنا ہو چودھری ریاست علی کا نام؟"

"ہاں۔ہاں۔ پھر؟" بوڑھا کچھ بے چین سا ہو گیا۔

"ان کے یہاں دین دیال نام کا ایک آدمی مختارِ عام تھا۔ مختارِ عام تو ایک طرح سے مالک ہوتا تھا۔ زمینداری کا زمانہ تھا۔ چودھری صاحب بڑے دل والے آدمی تھے۔

ذرا ذرا اسی بات پر ہزاروں لٹا دیتے تھے۔ کبھی روپے پیسے کی پرواہ نہ کی۔ اسی لاپرواہی سے فائدہ اٹھا کر دین دیال نے چودھری کی آدھی کے قریب جائیداد اپنے نام کرالی۔ لیکن جب چودھری کو یہ بات معلوم ہوئی تو غصہ میں آکر اس کے گولی ماردی۔ بھیّا زمینداری تو ختم ہو چکی تھی، گرفتار ہو گئے۔ لمبی سزا ہو گئی۔ خدا جانے ان کا کیا حال ہوا۔ یہ لالا جو ہے، اسی دین دیال کا بیٹا ہے۔"

"کیوں بابا ریاست علی کے بچّوں کا کیا ہوا؟" بوڑھے کے چہرے پر کچھ کرب کے آثار نمایاں ہوئے۔

"بڑی بُری حالت ہوئی ہے بھیّا۔ زمینداری کیا ختم ہوئی زمینداروں کی تو مٹی پلید ہو گئی۔ خدا کسی کی ایسی حالت نہ کرے۔ بیگم صاحبہ تو ان کے جیل جانے کے کچھ ہی دن بعد اللہ کو پیاری ہو گئی تھیں۔ چھوٹے دو بچّے تھے جنہیں چودھری کے ایک خدمت گار پھول چند نے پالا۔ اور پالتا بھی کون۔؟ جو کچھ بھائی بند تھے وہ ملک تقسیم ہونے کے بعد اپنی زمینیں اونے پونے داموں بیچ کر پاکستان چلے گئے تھے۔

پھول چند کے مرنے کے بعد بے چارے بے سہارا ہو گئے۔ نوکروں میں جس کے ہاتھ جو لگا، لے کر بھاگ گیا۔ زمینیں موروثی ہو گئیں۔ مکان بھی سب نکل گئے۔

"ریاست علی کے بچّے اب کہاں رہتے ہیں؟" بوڑھے کے لہجے میں اب بہت بے قراری تھی۔

"ادھر ہی پیپل والی گلی میں، آخری نکڑ پر ایک ٹوٹا سا مکان ہے، اسی میں ہیں"۔

اتنا کہہ کر وہ آدمی اٹھ کر جانے لگا۔ بوڑھے نے ایک بار پھر لالا رام دین کو دیکھا۔ مزدور جاچکا تھا۔ لالا ٹانگیں پھیلائے بیٹھا تھا۔ بوڑھا بھی اُٹھ کر تیز تیز قدموں سے پیپل والی گلی کی طرف بڑھنے لگا۔۔۔۔۔۔

۔۔۔۔۔۔ بیچ بازار میں جب چودھری ریاست علی کا گھوڑا روک کر ان کے ہاتھوں میں ایک نئے آئے ہوئے تھانے دار نے ہتھکڑیاں پہنائیں تو انہیں ایسا لگا جیسے مہترانی نے اپنا بھرا ٹوکرا ان کے اوپر لوٹ دیا ہو۔ ان کی نگاہیں اس طرح جھک گئیں، جیسے کسی پاک باز، زاہد و عابد کے سامنے کوئی ننگی عورت آگئی ہو۔ ان کے ارد گرد ایک سہما ہوا مجمع اکٹھّا ہو گیا تھا۔ کسی میں اتنی ہمت نہیں تھی کہ ان سے نگاہ ملا سکے۔ یہ وہی چودھری ریاست علی تھے جن کے حکم کے بغیر علاقے کا کوئی آدمی تو کیا کوئی جانور بھی پانی نہیں پیتا تھا۔ ان کے یہاں سینکڑوں بھوکے اپنا خالی پیٹ بھرتے تھے۔ نہ جانے کتنی یتیم لڑکیوں کی ڈولیاں ان کی دہلیز سے اُٹھ کر سسرال چلی گئی تھیں۔ ریاست علی کی فراخ دلی کے چرچے دور دور تک ہوتے تھے۔

تھانیدار چلنے لگا۔ اس کے پیچھے چودھری ریاست علی اس طرح چل رہے

تھے، جیسے کوئی باپ اپنے جوان بیٹے کی موت پر اس کی میّت کو اپنے کندھوں پر اٹھائے قبرستان لے جارہا ہو۔ ان کے پیچھے بوڑھا پھول چند گھوڑے کی راس پکڑے ان کی رہائی کے منصوبے بناتا چل رہا تھا۔ پورے گاؤں پر موت کا سا سناٹا چھایا ہوا تھا۔ گاؤں کی عورتیں جھونپڑوں سے نکل نکل کر ریاست علی کو دیکھتیں اور ان کی مہربانیوں کو یاد کرکے آنچل سے آنکھیں صاف کرتی جاتی تھیں۔

ریاست علی کی زندہ لاش کا جنازہ تھانیدار کے کاندھوں پر رکھا ہوا جب حویلی پر پہنچا تو کسی نے اندر کہہ دیا کہ میاں گرفتار ہوکر تھانے جارہے ہیں۔ حویلی کی چوڑی دیواروں کے اندر رہنے والی بیگم یہ خبر سن کر ننگے سر، برہنہ پا، باہر کو بھاگیں۔ میاں کے ہاتھوں میں ہتھکڑیاں دیکھیں، ہمیشہ اونچے رہنے والے سر کو جھکا دیکھا، نظریں چار ہوئیں، بے ہوش ہوکر ایسی گریں کہ پھر خدا نے ہی اٹھایا۔ چھ سال کا چھمن ابوّ! ابوّ چلاّ رہا تھا۔ ریاست علی کے اشارے پر پھول چند اسے گود میں اٹھا کر قریب لے آیا۔ جانے کیوں! انہیں احساس ہو گیا تھا کہ اس بار ان کی دولت بھی انہیں رہا نہ کرا سکے گی۔ ریاست علی نے پھول چند سے صرف اتنا کہا۔ "پھول چند ان کا خیال رکھنا۔" تھانے دار نے چلنے کا اشارہ کیا۔ چودھری ریاست علی نے تھانیدار کو غور سے دیکھا۔ تھوڑی دیر کے لیے وہ بوکھلا گیا۔ آج سے پہلے کتنے ہی تھانے دار ان کی حویلی میں پڑے ٹکڑے توڑتے رہتے تھے۔ ہر نیا داروغہ سب سے پہلے انہیں سلام کرنے آیا کرتا تھا۔

ریاست علی خود ہی پاس کھڑی ہوئی جیپ میں بیٹھ گئے۔ جیپ میں بیٹھنے سے قبل انہوں نے ایک حسرت بھری نگاہ حویلی پر ڈالی۔ حویلی کسی بیوہ کی طرح بال

بکھیرے ہوئے اپنے دیوتا کی زندہ میت کو جاتے ہوئے دیکھ رہی تھی۔ ریاست علی نے حویلی کی طرف سے اس طرح نگاہیں ہٹالیں جیسے وہ حویلی کو جوئے میں ہار کر کسی اور کے حوالے کررہے ہوں۔ جیپ گرد اُڑاتی ہوئی تیزی سے آگے بڑھ گئی اور حویلی اس اُڑتی ہوئی گرد میں پانی میں ڈوبتے ہوئے پتھّر کی طرح گم ہوگئی۔۔۔۔۔۔

۔۔۔۔۔۔چودھری ریاست علی ریکھم پور جانے کی تیاری کررہے تھے۔ پھول چند بندوق کی نال صاف کرنے میں لگا ہوا تھا۔

"پھول چند گھوڑا تیار ہوگیا؟" ریاست علی نے پستول پیٹی میں لگاتے ہوئے کہا۔

"جی سرکار"

"ٹھیک ہے، جلدی کرو۔ ہم ابھی آتے ہیں۔" ریاست علی اندر چلے گئے لیکن جلد ہی واپس آگئے۔ پھول چند نے پیٹی میں کارتوس لگاتے ہوئے ریاست علی سے معلوم کیا۔

"سرکار ہم کا یہ بتائیو کہ اب کے بڑے باگ (باغ) کی پھسل کا کیتا روپیہ آئیو ہے۔"

"کیوں؟ یہی کوئی چار سو روپے۔" ریاست علی نے بڑی لاپرواہی سے کہا لیکن پھول چند چونک پڑا۔

"صرف چار سو روپے۔ سرکار پھسل تو ایک ہجار میں بکی ہیں؟"

"نہیں بھئی۔ دین دیال نے ہمیں خود آکر روپے دیئے ہیں اور بتایا کہ چار سو روپے میں بِکی ہے۔"

"ناہیں سرکار۔ ہمارے سامنے بات بھئی تھی۔ رسید کھاں سے۔ پورے ایک

ہجار (۱۰۰۰) ہیں۔"

"ایسا کیسے ہو سکتا ہے۔ ہم نے تو اس سے کبھی حساب نہیں لیا۔ اس نے جیسا بتایا ہم نے مان لیا۔"

"ہم نے تو بتائے دیا سرکار، ہم کاہے کو جھوٹ بولن لاگے۔"

'اچھا'، ریاست علی کو پہلی بار دین دیال کی دیانت داری پر شک ہوا۔ انھوں نے اُسی وقت مجید خاں سے دین دیال کو بلوایا۔

"اس سال بڑے باغ کی فصل کتنے میں فروخت ہوئی تھی؟" ریاست علی کا پہلا سوال یہی تھا۔

دین دیال نے ایک بار چاروں طرف اپنی بوڑھی اور تجربہ کار نظریں دوڑائیں۔ وہ سمجھ گیا کہ کسی نے بھر دیا ہے۔

"اس کا حساب تو آپ تک پہنچ گیا۔ لیکن بات کیا ہے سرکار۔؟ آج تک آپ نے اس طرح سے کبھی نہیں پوچھا۔؟"

"یہی تو مجھے افسوس ہے کہ آج تک میں نے اس کی پرواہ نہیں کی۔ میری بات کا جواب دو!"

"یہ ایک ہزار میں۔" دین دیال کی صاف گوئی پر ریاست علی برہم ہو گئے۔

"لیکن ہمیں چار سو روپیہ کیوں بتایا؟"

"اس لیے کہ وہ باغ میرے نام ہے۔"

دین دیال کو یہ معلوم تھا کہ زمینداری ختم ہو گئی ہے۔ ریاست علی کے جیسے بچھّو نے ڈنک مار دیا۔ وہ چیخ پڑے۔

"دین دیال!"

"جی سرکار"

دین دیال کے اس طنزیہ انداز پر ریاست علی تلملا گئے لیکن دین دیال پر اس کا کچھ اثر نہیں ہوا۔ اس نے اپنی جیب سے کچھ کاغذات نکالے۔

"میں تو خود آپ کے پاس آنے والا تھا۔ میں اب آپ کی نوکری سے الگ ہونا چاہتا ہوں اور اپنی زمین پر قبضہ — یہ دیکھئے۔ بڑا باغ اور شیر پور والا چک میرے نام ہے۔ دیکھ لیجئے۔ آپ ہی کے دستخط ہیں۔"

ریاست علی اُس بھوکے شیر کی طرح بپھر گئے جس کے منہ سے شکار کیا ہوا ہرن چھین لیا گیا ہو۔

"ہماری لاپرواہی سے تم نے یہ فائدہ اٹھایا، ہم تمہیں نوکری سے الگ کریں گے۔"

زمیندار کا خون جوش کھا چکا تھا۔ پیٹی میں لگا ہوا پستول ہاتھ میں آگیا۔ اور دوسرے ہی لمحے اس کے اندر کی گولیاں دین دیال کے سینے میں اُتر گئیں —

۔۔۔۔۔۔ پیپل والی گلی کے آخری مکان تک پہنچتے پہنچتے بوڑھے کی سانس پھول گئی۔ کمزور ہاتھ سے زنجیر کھٹکھٹائی۔ دروازہ کھلا۔ بوڑھے نے دیکھا کہ یہ وہی مزدور ہے جو کچھ دیر پہلے لالا رام دین کے سامنے منّت کر رہا تھا۔

"کیا اس مکان میں چھمّن میاں رہتے ہیں؟"

"چھمّن۔ میاں"۔ مزدور کو چھمّن اور میاں کا میل کچھ عجیب سا لگا۔ اس نے ہکلاتے ہوئے کہا۔ "۔جی ہاں۔"

"مزدور کا اتنا جواب سنتے ہی بوڑھا اندر گھستا چلا گیا، مزدور حیرت سے دیکھ رہا تھا۔ وہ اسے روک بھی نہ سکا۔ اس نے قریب آکر معلوم کیا۔

"آپ کہاں سے تشریف لائے ہیں؟"

بوڑھے نے پہلے تو اُسے غور سے دیکھا اور دھیرے سے بولا۔

"جیل سے"

جیل کا نام سُنتے ہی مزدور بوڑھے سے لپٹ گیا۔ "ابّو"

"بیٹے۔۔۔۔۔۔ میرے بیٹے۔۔۔۔۔۔ یہ کیا ہو گیا تجھے۔" بوڑھا اس نوجوان کو آغوش میں لے کر بیٹھتا چلا گیا۔

"بیٹے۔۔۔۔۔۔ کسی سے یہ نہ کہنا کہ۔۔۔۔۔۔ کہ یہ۔۔۔۔۔۔ چودھری ریاست علی کا جنازہ ہے۔"

اتنا کہہ کر چودھری ریاست علی آف رحمت گڑھ کی گردن ایک طرف کو ڈھلک گئی۔

* * *

۸

ایک گھر کی کہانی

وہ بالکل تنہا تھا۔

لیکن کچھ دن پہلے وہ تنہا نہیں تھا۔

اور اب وہ تنہائی کے ڈراونے جنگل سے نجات حاصل کرنے کے لیے ہر اس جاندار سے پوچھتا جو اس جیسا تھا۔ "کیا شہر میں اب بھی انسانوں کا قتل ہو رہا ہے؟ کیا اب بھی شہر جل رہا ہے؟"

"ہاں"

ایک لمبے عرصہ تک وہ اپنے سوالوں کا یہ جواب پا کر ٹوٹنے سا لگا تھا کہ پھر ایک اور راہ گیر اُدھر سے گزرا تو وہ اس کی طرف لپکا لیکن اسی لمحے ٹھہر گیا اور تیز تیز آنکھوں سے دیکھنے لگا کہ راہ گیر کے ہاتھ میں کوئی ہتھیار تو نہیں اور جب اسے یقین ہو گیا کہ وہ خالی ہاتھ ہے تو آگے بڑھ کر اس نے پھر وہی سوال کیے

"نہیں۔"

یہ جواب سُن کر وہ سکتے میں آگیا اور اتنی دیر تک گم سم کھڑا رہا کہ راہ گیر کافی دور جا چکا تھا شاید اُسے اِس جواب کی توقع نہیں تھی۔ وہ ایک بار پھر اس شخص کی

طرف دوڑا اور استفسار کیا۔

"کیا ان مکانوں کے مکین جن کی دیواریں اپنی جگہ پر موجود ہیں جن کی چھتیں ٹوٹی نہیں ہیں، شہر کی سڑکوں پر آزادی سے گھومنے لگے؟"

"ہاں"

اس جواب سے وہ اتنا خوش ہوا کہ جتنا خوش ہونے کی طاقت اس میں باقی رہ گئی تھی۔ اور پھر وہ واپس اس درخت کے نیچے لوٹ آیا جس کو کئی روز سے اس نے اپنی رہائش گاہ بنا رکھا تھا۔ درخت کے نیچے رومال میں بندھی چند چیزوں کو کھول کر دیکھنے لگا۔ ربر کی گڑیا۔

"ابوّ! ابوّ! ہم بھی عید گاہ چلیں گے۔"

"نہیں بیٹا آپ تھک جائیں گی۔ بتایئے ہم آپ کے لیے میلے سے کیا لائیں۔"

"وہ ــــ وہ ــــ ربر کی گڑیا۔ اچھی سی جو جھک کر سلام بھی کرتی ہے۔"

"بس ــــ اور کچھ۔"

"اور ــــ کچھ نہیں ــــ بس آپ جلدی آیئے گا۔"

"ہاں ہم جلدی آئیں گے۔"

اس نے گڑیا کو اٹھایا تو وہ جھک کر سلام کرنے لگا۔ اس کا دل شہر جانے کے لیے بے چین ہو اٹھا۔ جلدی جلدی رومال باندھا اور مضبوطی سے تھام لیا۔

شہر کی جانب بڑھنے کے لیے اس نے پہلا قدم اٹھایا ہی تھا کہ اسے تنہائی کا احساس ہوا لیکن جب وہ گھر سے چلا تھا تب تنہا نہیں تھا۔ اس کے دو بیٹے اس کے ساتھ تھے۔ اس نے اپنا بایاں ہاتھ دیکھا جس کی انگلی کو پکڑے ہوئے اس کا چھوٹا بیٹا

اس کے ہمراہ چل رہا تھا۔ لیکن اب وہ ہاتھ ہی اس کے جسم پر نہیں تھا۔ شاید وہ جلتے ہوئے شہر میں کہیں رہ گیا تھا۔ لیکن اس کا بیٹا؟

"ابوّ—ابوّ یہ رومال میرے سر پر باندھ دیجیے۔"

"لاؤ— یہیں کھڑے رہنا اور اللہ اللہ کرتے وقت کسی طرف نہیں دیکھنا۔"

"نہیں دیکھوں گا۔ لیکن آپ ہمارے لیے باجا خریدیں گے نا۔"

"ہاں! ہاں! کیوں نہیں۔ پہلے اللہ اللہ کر لو۔"

"پھر گھر چل کر سوئیاں کھائیں گے نا—بہت ساری "

"ہاں بھئی بہت ساری کھانا لیکن اب تو چپ چاپ بیٹھے رہو۔ دیکھو تمہارے بھائی جان بھی تو نہیں بول رہے۔"

اُس کا بڑا بیٹا —وہ بھی تو گھر سے اس کے ساتھ چلا تھا۔ اس کا دایاں بازو۔ اس کی دائیں جانب اپنے رب کا۔ سب کے رب کا شکر ادا کرنے کے لیے دست بستہ ایستادہ تھا۔ اور اس نے سجدۂ شکر ادا بھی کیا تھا۔ لیکن اُس نے اور اُن سب بندہائے خدا نے اپنے رب کے آگے ابھی دست دعا بلند نہیں کئے تھے کہ امن پسند فوج کے اس دستہ نے جو ان عبادت کرنے والوں کی حفاظت کے لیے تعینات اور ان کے ہاتھوں میں چنگاریاں اگلنے والے ہتھیار تھے۔ چنگاریاں اگلنے والے ہتھیاروں سے عبادت گاہ کے اندر چنگاریاں برسائیں اور وہ چنگاریاں معصوم بچوں اور مردوں کے جسموں میں اتر کر ان کے نئے ملبوسات کو لہو سے رنگتی چلی گئیں۔ وہ سبھی پناہ گاہوں کی تلاش میں بھاگنے لگے تھے۔ بجز اِس کے وہ کر بھی کیا سکتے تھے کہ وہ سب کسی فساد کے ادارے سے عبادت گاہ میں نہیں آئے تھے۔ اور انہیں یہ بھی معلوم

تھا کہ اُن کے ساتھ اُن کے معصوم بچے ہیں جو اس منتشر مجمع میں چینٹیوں کی طرح کچلے جا رہے تھے اور ان کی ننھی ننھّی چیخیں فضاؤں کا سینہ چیرتی ہوئی خلا میں گم ہو رہی تھیں کہ ان کا سننے والا کوئی نہیں تھا۔

اس کا بڑا بیٹا ـــــ وہ بھی بھاگا تھا اور اس افرا تفری اور شور و غل کے عالم میں بھی وہ اپنے بیٹے کی چیخ پہچان گیا تھا کہ اس کے جسم میں کئی چنگاریاں اتر گئی تھیں لیکن وہ اس کے گرے ہوئے چند سالوں میں جو ان ہونے والے جسم کو اٹھا نہیں سکا۔ اور اس بھیڑ میں کہ جہاں ہر شخص پناہ گاہ کا متلاشی تھا وہ اپنے بایاں بازوں بھی کھو بیٹھا۔ جو اس کے چھوٹے بیٹے کی سواری تھی اور اب سوار اور سواری دونوں گم ہو چکے تھے

سب کچھ چند لمحوں میں ختم ہو گیا۔ کچھ بھی باقی نہیں رہا۔ جو کچھ باقی بچا تھا وہ اسے دیکھنے کے لیے بستی کی طرف بھاگا۔ اس کی بیوی۔

"سنیے عید گاہ سے سیدھے گھر آجائے گا۔"

"کیوں؟"

" ملنے والے آنا شروع ہو جائیں گے نا۔"

"ٹھیک ہے۔ لیکن میٹھے کے ساتھ نمکین وغیرہ بھی سب تیار رکھنا اور ہاں آج تو نئے کپڑے وغیرہ پہن کر تم بھی تیار ہو جاتا۔"

ہٹیے بھی۔ مجھے کون سا کہیں جانا ہے۔"

"نہیں جانا تو کیا ہوا۔ ہم تو دیکھنے کے لیے موجود ہیں۔"

" اچھا اچھا بس کیجیے۔ اب دیر ہو رہی ہے۔ بچے انتظار میں کھڑے ہیں اور ذرا

گڈّو کا خیال رکھیے گا بھیڑ میں کہیں اِدھر اُدھر نہ ہو جائے۔"

ہر شخص اپنے گھر کی طرف دوڑ رہا تھا جیسے اگر اس نے ذرا بھی کوتاہی کی تو پھر کبھی نہ پہنچ سکے گا۔ سڑکوں سے دوڑتا ہوا خوف و ہراس گلیوں اور گھروں میں داخل ہو چکا تھا۔

وہ اپنے گھر میں داخل ہوا تو اس نے دیکھا کہ اس کی بیوی اور بچوں کی سانسیں خوف کے دھوئیں سے گھٹنے لگی ہیں۔ شیرینی سے بھرے ہوئے پیالے ہاتھوں سے چھوٹ کر فرش پر بکھر چکے ہیں اور اس کے چہرے کی بدحواسی، جسم کے زخم اور تنہا گھر میں آئے ہوئے دیکھ کر اس کی بیوی کی چیخ اٹھی۔

"میرے بچّے کہاں ہیں؟ کہاں ہیں میرے بچّے؟ وہ تو اپنے رب کے سامنے سجدہ کرنے گئے تھے۔"

سب کچھ ختم ہو گیا۔ سب کچھ۔ اب جو کچھ ہے اُسے بچانے کی فکر کرو۔ ٹھہرو میں ابھی آتا ہوں۔ تم اندر سے سب دروازے اور کھڑکیاں بند کر لو۔"

"خدا کے لیے آپ باہر نہ جایئے۔"

"میں ابھی آتا ہوں۔"

اور جب تک وہ آیا تھا تب تک سارے شہر میں نظر بندی کا اعلان ہو چکا تھا۔ امن پسند فوج کا وہ دستہ جن کے ہاتھوں میں چنگاریاں اگلتے ہوئے ہتھیار تھے پورے شہر پر منڈلانے لگے اور پھر یوں ہوا کہ ہتھیاروں سے چنگاریاں برسنے لگیں۔ مکانوں سے شعلے بلند ہونے لگے۔ مقید مکینوں کی چیخیں آگ سے شعلوں اور گرتی ہوئی دیواروں میں گھٹ گئیں۔ اس نے دور سے دیکھا۔

اس کے گھر کی چھت زمین کی آغوش میں سما گئی تھی۔ دیواریں اپنی پیشانیوں کو سجدے میں گرا چکی تھیں۔ دروازوں کے پہرے آگ کے شعلوں نے ختم کر دیے تھے اور اسی لمحے اسے تاریخ کے وہ اوراق یاد آگئے تھے جن میں ہلاکو، چنگیز، نادر شاہ اور انگریزوں کا ذکر تھا۔

وہ گھر سے باہر نکل گیا تھا اور اب دوبارہ نہیں جا سکا۔ گھر ہی ختم ہو گیا تھا۔ کتنے برس اور کتنا خون پسینہ اس کی تعمیر میں صرف ہوا تھا لیکن سب ایک پل میں

اس نے چاہا کہ دوڑ کر اپنے گھر کے جلتے ہوئے شعلوں سے لپٹ جائے اور اپنی بیوی بچوں کو گری ہوئی چھت کے نیچے سے نکال لائے۔

لیکن—

اپنی مرضی سے ایک قدم بڑھانے کے حقوق چھین لیے گئے تھے۔ نااُمیدی اور مایوسی کے عالم میں وہ اپنی جان بچانے کے لیے اطرف کو بھاگا اور بھاگتا چلا گیا۔

پھر وہ ہر ایک سے پوچھتا کہ سڑکوں پر نکلنے کی آزادی حاصل ہوئی یا نہیں تاکہ وہ اپنے گھر کی گری ہوئی چھت کے نیچے سے اپنی بیوی اور بچوں کو نکالے۔ اسے نئے کپڑوں میں دیکھے۔ اپنی بچی کو ربڑ کی گڑیا دے۔ امن پسند فوج اب بھی سڑکوں پر گشت کر رہی تھی۔ اور چنگاریاں اگلنے والے ہتھیار منتظر تھے کہ کب کوئی اپنے جسم سے باہر نکلتا ہوا دکھائی دے اور کب وہ چنگاریاں اگلیں۔

وہ خود کو دوسری آنکھوں سے چُراتا ہوا جب اپنے مکان کے جلے ہوئے ملبے کے پاس پہنچا تو کچھ دیر کے لیے اُس کی آنکھیں ایک جگہ ٹھہر گئیں۔ جسم کی حرکت

بند سی ہوگئی۔ بعد چند لمحے گذر جانے کے وہ راکھ اور مٹی کے ڈھیر پر آہستہ آہستہ چلنے لگا۔ جیسے اس ملبے میں وہ اپنا مکان ڈھونڈ رہا ہو۔ پھر ایک جگہ بیٹھ کر مٹی اور اینٹوں کو ہٹانے لگا جیسے اپنی اور بچوں کو تلاش کر رہا ہو۔ بہت دیر تک وہ یونہی کُرید تا رہا۔ اچانک وہ دھماکہ کی آواز سے چونک پڑا۔ پرندے اپنی شاخوں سے اُڑ کر آسمان میں پھیل گئے۔ مکانوں کی کھڑکیاں اور دروازے بند ہونے لگے۔ ایک بار پھر کچھ مکانوں سے آگ اُٹھی۔ محافظین جو اسی لمحے کے انتظار میں تھے۔ اپنے ہاتھوں میں لگے ہوئے ہتھیاروں سے چنگاریاں برسانے لگے وہ یہ دیکھ کر اُٹھ کھڑا ہوا مضبوطی سے رومال میں بندھی ہوئی گڑیا کو تھام لیا اور اتنی تیز ایک جانب کو بھاگا۔ اتنی تیز کہ اُسے پتہ نہیں چلا کہ کب کئی چنگاریاں بیک وقت اس کے جسم میں اُتر گئیں اور کب اس کا جسم بہت پیچھے جلتے ہوئے شہر میں رہ گیا۔

***

۹

اپنی آگ اپنا گھر

جوان بیٹے کا جنازہ صحن میں رکھا ہوا تھا پورے گھر میں ہاہاکار مچی ہوئی تھی۔ ہر چہرے پر افسوس و ملال تھا۔ عورتیں رو رو کر اپنا سر پیٹ رہی تھیں۔ ہر آنکھ نم تھی لیکن زبیدہ بالکل خاموش تھی، جس کا جوان بیٹا موت کی وادی میں کفن اوڑھے سو رہا تھا۔ اُس کی آنکھ سے ایک بھی آنسو نہیں نکلا تھا، وہ بالکل نہیں روئی تھی، ایسا لگتا تھا جیسے اس کا بدن بھی بے جان ہو گیا ہے۔ اس کے ارد گرد بیٹھی خواتین چاہتی تھیں کہ زبیدہ بھی بیٹے کی موت پر چیخ چیخ کر روئے تاکہ اس کے دل کا غبار نکل جائے۔ لیکن اپنے آس پاس بیٹھے لوگوں سے بے خبر وہ اپنی پچیس سال کی محنت کو یاد کر رہی تھی۔۔۔۔۔۔

چاروں طرف ہریالی ہی ہریالی تھی اونچے اونچے درخت آسمان کی بلندیوں کو چھو رہے تھے۔ جھرنے سے بہتے ہوئے پانی کی آواز نے ماحول میں موسیقی کا سماں باندھ دیا تھا۔ نوجوان زبیدہ اپنے شوہر غلام احمد کے ساتھ موسم کا لطف اُٹھا رہی تھی۔ وہ بہت خوش تھی۔ اُسے خوش دیکھ کر غلام احمد کہنے لگا۔

"کیا بات زوبی آج بہت خوش ہو"

"ہاں۔ بات ہی کچھ ایسی ہے" زبیدہ نے کچھ ہنستے اور شرماتے ہوئے کہا

"اپنی خوشی میں ہمیں شریک نہیں کروگی"

"میری ہر خوشی پر پہلے آپ کا حق ہے۔" زبیدہ نے فلسفیانہ انداز میں کہا۔

"پھر کہو نا۔ یا یوں ہی پہیلیاں بجھاتی رہو گی" غلام احمد خوش خبری سننے کے لئے بے چین تھے۔

" یہی سمجھئے۔ پہیلی ہی سہی۔ بتایئے تو جانیں"

"اچھا زیادہ صبر کا امتحان نہ لو۔ مجھے تمہاری کسی پہیلی کا جواب نہیں معلوم"

"اور قریب آیئے۔ بلند آواز سے کہنے کی بات نہیں ہے۔"

"اوفوہ! تم تو خواہ مخواہ بات کو طول دے رہی ہو۔ لو آگیا"۔ غلام احمد زبیدہ کے بالکل قریب آگیا۔ زبیدہ نے بہت آہستہ سے اس کے کان میں اپنی خوشی کی وجہ بتائی تو غلام احمد بھی خوشی سے اُچھل پڑا اور اس نے زبیدہ کو گود میں اُٹھا لیا۔ زبیدہ تلملائی:

"ارے کیا کرتے ہو۔ چھوڑو مجھے"

"نہیں بالکل نہیں۔ " ایسی خوش خبری اور اتنی خاموشی سے۔" غلام احمد نے اس کی پیشانی کو چوم لیا اور کہا:

"اب تمہارا وجود مکمل ہو جائے گا۔ عورت کے وجود کی تکمیل اس کے ماں بننے کے بعد ہی ہوتی ہے۔"

دونوں بہت خوش تھے۔۔۔۔۔

۔۔۔۔۔جنازہ اب بھی صحن میں رکھا ہوا تھا۔ عورتیں زبیدہ کے چہرے پر

اطمینان اور سکون دیکھ کر یہ محسوس نہیں کر پائیں کہ یہ خیالات کی کس وادی میں گم ہے۔ وہ چاہتی تھیں کہ زبیدہ کا سکوت ٹوٹ جائے لیکن زبیدہ سب سے بے نیاز اپنے کانوں میں بچّے کے ہنسنے کی آواز محسوس کر رہی تھی۔۔۔۔۔۔

۔۔۔۔۔۔ سات آٹھ سال کا اقبال کھکھلا کر ہنس رہا ہے۔ پاس بیٹھا غلام احمد بھی اس کی ہنسی میں شریک ہے۔ اسی کمرے میں ایک جانب بیٹھی زبیدہ کچھ سی رہی ہے۔ اقبال ہنستے ہوئے ماں سے کہتا ہے۔

"امّاں دیکھو ابّا کو یہ بھی نہیں معلوم کہ تاج محل کس نے بنوایا میں کہہ رہا ہوں، شاہ جہاں بادشاہ نے، ابّا کہہ رہے ہیں شہاب الدین نے۔ شہاب الدین میرے دوست نور الدین کے ابّا کا نام ہے وہ بھی کوئی تاج محل بنوا سکتے ہیں۔"

زبیدہ بھی اس بات پر ہنسنے لگی ہے۔ اقبال پھر کہتا ہے:

"امّاں ہنسنے کی بات نہیں۔ میں سچ کہہ رہا ہوں۔ دیکھو میری کتاب میں لکھا ہے۔"

"ہاں بیٹا آپ سچ کہہ رہے ہیں اور آپ کی کتاب میں سچ لکھا ہے۔" زبیدہ سمجھانے والے انداز میں کہتی ہے۔ اقبال اپنی معصوم زبان سے غلام احمد سے فرمائش کرتا ہے:

"ابّا ہمیں سری نگر لے چلو۔ سری نگر بہت خوبصورت ہے نا۔"

"ہاں بہت خوبصورت ہے۔ زمین پر جنّت ہے۔ لیکن تم بڑے ہو جاؤ پھر وہاں تمہیں پڑھنے کے لئے بھیجیں گے۔ دیکھو زبیدہ میں تو غریبی کا شکار ہو کر کچھ بھی نہ کر سکا، لیکن اپنے بیٹے کو خوب پڑھاؤں گا، اسے ایسا آدمی بناؤں گا جس پر ملک اور

قوم دونوں کو فخر ہو گا۔"

"کیوں ابّا کیا میں بڑے ہو کر ہی سری نگر جا سکتا ہوں پھر تو بہت انتظار کرنا پڑے گا۔"

"نہیں تم اب بھی جا سکتے ہو، جب تمہارے اسکول کی چھٹّی ہو گی تو چلیں گے۔ امّاں کو بھی لے چلیں گے۔"

اسی وقت ایک چھوٹی سی بچّی کمرے میں سلام کرتی ہوئی داخل ہوتی ہے۔

"خالو جان سلام علیکم - خالہ امی سلام علیکم"

بچّی اقبال کے پاس بیٹھتی ہوئی پوچھتی ہے:

"کیا کر رہے ہو اقبال؟"

"سنو گل زیب ہم ابّا کے ساتھ سری نگر جائیں گے۔ تم بھی ہمارے ساتھ چلنا بہت مزہ آئے گا۔"

"ہاں ٹھیک ہے۔ میں امّی سے کہہ دوں گی۔"

دونوں بچّے خوش ہوتے ہیں۔ غلام احمد زبیدہ سے یہ کہتے ہوئے اُٹھ کر باہر جانے لگتا ہے:

"میں رشید بھائی کے پاس جہلم کی طرف جا رہا ہوں۔ وہ کوئی نیا کام شروع کرنے والے ہیں۔ ہو سکتا ہے مجھے دیر ہو جائے تم کھانا کھا لینا۔"

اور پھر ایسی دیر ہوئی کہ غلام احمد اپنے قدموں سے نہ لوٹ سکا۔ سڑک کے حادثے میں اس کی موت ہو گئی۔ غلام احمد کی لاش کو دیکھ کر زبیدہ چیخ چیخ کر روئی تھی، دیواروں سے سر پٹکتی تھی اور کہتی تھی کہ "مجھے کس کے سہارے چھوڑ گئے۔

اب کون تمہارے بیٹے کو بڑا آدمی بنائے گا۔ کون اسے سری نگر لے جائے گا۔"

نادان اقبال رو رو کر پوچھ رہا تھا کہ "میرے ابّا کو کیا ہو گیا۔ یہ بولتے کیوں نہیں۔"

۔۔۔۔۔۔ لیکن آج اقبال کی موت پر زبیدہ چیخ و پکار نہیں کر رہی تھی۔ شاید اسے موت کا یقین نہیں تھا یا وہ روتے روتے تھک چکی تھی۔ غلام احمد کی موت کے بعد وہ زندگی بھر روتی ہی رہی تھی۔ اُس کی بوڑھی ماں اُسے گلے لگا کر سمجھا رہی تھی۔

"رو لے۔ میری بچّی رو لے۔ جی ہلکا ہو جائے گا۔ ہم عورتوں کا تو مقدر ہی عجیب ہے۔ شوہر کے مرنے پر دنیا کی خوشیاں ختم ہو جاتی ہیں۔ لیکن اولاد کے مرنے پر تو دنیا ہی ختم ہو جاتی ہے۔ جوان اولاد کی موت کا غم شوہر کی موت کے غم سے بھی بڑا غم ہے۔" زبیدہ نے اپنی ماں کو روتا دیکھ کر بہت آہستہ سے کہا:

"امّاں تم کیوں رو رہی ہو۔ وہ دیکھو اقبال اسکول جا رہا ہے کتنا اچھا لگ رہا ہے میرا بچّہ" اتنا کہہ کر زبیدہ غور سے ایک طرف دیکھنے لگی۔

۔۔۔۔۔۔ صبح ہو چکی تھی زبیدہ نے جلدی جلدی ناشتہ بنا کر اقبال کو دیا اور پھر اُسے پڑھنے کے لئے اسکول بھیج دیا۔ اقبال کے جانے کے بعد غلام احمد کے بڑے بھائی غلام رسول کھانستے ہوئے گھر میں داخل ہوئے۔ زبیدہ نے سر پر دوپٹہ ٹھیک کرتے ہوئے سلام کیا۔

"دلہن میں تم سے یہ کہنے آیا تھا کہ اقبال کو کب تک پڑھاتی رہو گی۔ پڑھائی کے لئے اچھا خاصا پیسہ چاہئے۔ میری رائے ہے کہ علی بخش کے ساتھ کام پر بھیج دو۔

کچھ ہنر ہاتھ میں آجائے گا تو زندگی اچھی گزر جائے گی۔"

"نہیں بھائی صاحب۔ ابھی تو اقبال کے پڑھنے کی عمر ہے۔ کام کے لئے تو زندگی پڑی ہے۔" زبیدہ آہستہ سے کہتی ہے۔ غلام رسول کو یہ اچھّا نہیں لگتا۔

"جیسی تمہاری مرضی۔ اور ہاں ایک بات اور۔ علی بخش کی ماں نے تم سے کہا ہوگا بشیر الدین کے رشتے کی بات۔ بشیر الدین اچھّا آدمی ہے کاروبار بھی اچھّا ہے۔ تم اگر ہاں کردو تو جلد شادی ہو جائے تمہاری زندگی بھی اچھّی گزر جائے گی اور اقبال کی پرورش بھی صحیح ہو جائے گی۔"

زبیدہ کو یہ بات بہت ناگوار گزری اس نے جواب دیا:

"خدا کے واسطے میرے سامنے اس طرح کی بات نہ کیجئے۔ میں کتنی بار منع کر چکی ہوں۔ عورت کو آپ لوگ اتنا کمزور کیوں سمجھتے ہیں۔ کیا میں اپنے بچّے کو اچّھی تعلیم نہیں دلوا سکتی۔ اللہ نے چاہا تو اس کی پرورش اسی طرح ہوگی جس طرح اس کے باپ کی موجودگی میں ہوتی۔"

غلام رسول اُٹھ کر چلا جاتا ہے۔

زبیدہ کسی کی بات پر دھیان نہیں دیتی۔ وہ اپنی پوری توجہ اقبال کی تربیت اور تعلیم پر لگاتی ہے۔ دن رات محنت کرتی ہے۔ لوگوں کے کپڑے سی سی کر گھر کا خرچ چلاتی ہے۔ وقت گزرتا ہے، اقبال اسکول کی تعلیم پوری کر لیتا ہے۔ پھر ماں سے کہتا ہے۔

"اماں میں بھی اب کام کروں گا۔ تم کب تک اس طرح محنت کرتی رہو گی۔"

زبیدہ اسے سمجھاتی ہے:

"بیٹا ابھی تیری تعلیم مکمل نہیں ہوئی ہے۔ ابھی تو تجھے شہر پڑھنے جانا ہے۔ میں چاہتی ہوں کہ تو بہت بڑا آدمی بنے۔ تیرے ابّا کہا کرتے تھے کہ میں اپنے بیٹے کو ایسا آدمی بناؤں گا جس پر ملک اور قوم فخر کرے، تو ان کے خواب کو پورا نہیں کرے گا؟"

"لیکن امّاں اس کے لئے تو گاؤں سے باہر تمہیں چھوڑ کر جانا پڑے گا۔ پھر تم اکیلی کیسے رہو گی۔"

اُسی وقت گل زیب اندر آتی ہے۔ زبیدہ فوراً کہتی ہے:

"میں اکیلی کہاں ہوں۔ میرے پاس گل زیب رہے گی۔"

"ہاں امّاں یہ ٹھیک ہے۔ اسے تو تم ہمیشہ کے لئے خالہ امّی سے مانگ لو"

گل زیب شرماسی جاتی ہے۔ زبیدہ ہنستی ہوئی اقبال کو ڈانٹتی ہے:

"چپ شیطان کہیں کا۔ گل زیب کا ہی تو گھر ہے یہ"

زبیدہ دوسرے کمرے میں چلی جاتی ہے تو اقبال گل زیب کے قریب آکر کہتا ہے:

"کیوں گل زیب میں چلا جاؤں گا تو مجھے یاد نہیں کرو گی؟"

گل زیب تھوڑا شرماتی ہے لیکن مصنوعی انداز میں کہتی ہے:

"میں بھلا کیوں یاد کرنے لگی۔ تمہیں یاد کرو گے۔"

"اچھاّ دیکھتے ہیں کون یاد کرتا ہے؟"

"دیکھ لینا"

۔۔۔۔۔۔ میّت کے اطراف اب بھی سوگوار افراد کا ہجوم ہے۔ عورتوں میں گل زیب اپنی ماں سے لپٹ کر زور زور سے رو رہی ہے۔ خاموش بیٹھی زبیدہ کی نگاہیں گل زیب کے روتے ہوئے چہرے پر ٹھہر جاتی ہیں۔ اسے یاد آتا ہے۔

۔۔۔۔۔۔ زبیدہ گھر میں کسی کام میں مصروف ہے کہ خوشی سے اُچھلتی ہوئی خوبصورت گل زیب اندر آتی ہے اور ہانپتی ہوئی کہتی ہے:

"خالہ امّی! خالہ امیّ! اقبال آگیا۔ جلدی باہر آیئے۔"

زبیدہ اپنی جگہ سے اٹھتی ہے۔

"اچھاّ اچھاّ میں آتی ہوں لیکن تو اتنی گھبرائی ہوئی کیوں ہے"

اتنی دیر میں اقبال اندر آکر ماں کو سلام کرتا ہے۔ زبیدہ اُسے گلے لگا کر پیار کرتی ہے اور خوشی کے آنسو دوپٹے سے صاف کرتی ہے۔

"لو امّاں تمہارا بیٹا اب ڈاکٹر بن گیا۔"

"بیٹے تو نے اپنی تعلیم پوری کر کے مجھ پر احسان کیا ہے۔"

"کیوں امّاں؟ احسان تو تمام عمر میں تمہارا نہیں بھلا سکتا۔ تم نے کتنی محنت اور مشقّت کے بعد مجھے اس منزل تک پہنچایا ہے۔"

"نہیں بیٹا یہ سب تیرے ابّا کی دعا اور خواہش کا نتیجہ ہے آج ان کی روح بھی خوش ہو گی۔"

اُسی وقت غلام رسول اور اس کی بیوی گھر میں داخل ہوتے ہیں۔ اقبال انھیں سلام کرتا ہے۔ غلام رسول دعائیں دیتے ہوئے کہتا ہے:

"خوش رہو بیٹا۔ تم سچ کہہ رہے ہو۔ تمہاری ماں کا تم پر بہت بڑا احسان ہے۔

میں ہی غلطی پر تھا۔ ہم لوگ عورت کو اپنے سماج کا کمزور حصہ سمجھتے ہیں لیکن تمہاری ماں نے اسے غلط ثابت کر دیا۔ عورت چاہے تو آدمی کی تقدیر بدل سکتی ہے۔"

اقبال غلام رسول کے بیٹے علی بخش کے بارے میں پوچھتا ہے:

"چچا جان! علی بخش کہاں ہے؟ کیسا ہے وہ؟"

غلام رسول اپنی بیوی کی طرف دیکھتا ہے اور دکھ بھری آواز میں کہتا ہے:

"وہ اب ہمارے بیچ نہیں رہا"

"کیا مطلب؟" اقبال حیرت سے سوال کرتا ہے۔

"وہ ان گمراہ نوجوانوں کے بیچ پھنس گیا ہے جو اپنی قوم اور وطن کو تباہ کر رہے ہیں۔ وہ کبھی کبھی یہاں آتا ہے۔"

اقبال کو یہ سن کر افسوس ہوتا ہے۔ غلام رسول کہتا ہے:

"بیٹا تم سے ملنے وہ ضرور آئے گا، تم اسے سمجھانا۔ اچھا بیٹا ہم چلتے ہیں۔"

غلام رسول اور اس کی بیوی چلے جاتے ہیں۔ اقبال گل زیب سے چھیڑ چھاڑ کرتا ہے۔

دوسرے دن علی بخش اس سے ملنے کے لئے آتا ہے۔ دونوں باتیں کرتے ہوئے جھرنے کی طرف چلے جاتے ہیں۔ علی بخش چاہتا ہے کہ اقبال بھی اس کی حمایت میں شامل ہو جائے۔

"دیکھو اقبال تم تعلیم یافتہ ہو۔ خود سمجھ دار ہو، آزادی گھر بیٹھے نہیں ملتی۔ اس کے لئے قربانیاں دینی پڑتی ہیں۔ اپنے حق کے لئے لڑنا پڑتا ہے۔"

اقبال اسے سمجھاتا ہے:

"کیسی آزادی چاہیے تمہیں؟ کس بات کی آزادی چاہیے تمہیں؟ کون سی پابندی میں جی رہے تو تم؟ کیا تم آزاد ملک اور آزاد ریاست میں نہیں ہو۔ کیا تمہیں اپنے مذہب پر جینے کی آزادی نہیں ہے۔ کیا تم اپنے رسم ورواج پر چل کر زندگی نہیں گزارتے۔ ہندوستان میں جتنی آزاد اور خود مختار زندگی ہماری ریاست میں رہنے والے گزارتے ہیں کہیں اور ایسا نہیں ہوتا۔"

علی بخش بحث کرتا ہے۔

"وہ تو سب ٹھیک ہے لیکن اپنا بھی تو علاحدہ ملک ہونا چاہئے۔ اپنا بھی وقار اور شخصیت ہونی چاہئے۔

"کسی بھی خاندان کو وقار اسی وقت حاصل ہوتا ہے جب وہ بڑا ہوتا ہے۔ آدمی کی شخصیت اُس وقت نمایاں ہوتی ہے جب اس کا تعلق بڑے خاندان سے ہوتا ہے۔ سمندر میں رہنے والی مچھلی چھوٹے سے تالاب میں رہنا پسند نہیں کرتی۔ سمندر کی وسعتیں تالاب کی محدود زندگی سے بہتر ہیں۔ بڑے ملک کا حصہ رہو گے تو دنیا میں عزت ووقار کی نظر سے دیکھے جاؤ گے اور اگر اپنا چھوٹا سا گھر علاحدہ بناؤ گے تو کیڑے مکوڑوں کی سی حیثیت ہو جائے گی۔ مالدار ملک تمہیں غریب اور مسکین سمجھ کر خیرات اور زکوۃ دیا کریں گے۔"

اقبال نے اسے بہت سمجھانے کی کوشش کی لیکن علی بخش پر جنون سوار تھا وہ چلا گیا۔

اقبال گاؤں میں رہ کر قوم کی خدمت کرنا چاہتا تھا۔ زبیدہ کی بھی خواہش تھی کہ وہ جلد از جلد کام شروع کرے تا کہ وہ اقبال کی دلہن کو لے کر آئے۔

علی بخش کے ساتھی یہ چاہتے تھے کہ اقبال بھی ان کے گروہ میں شامل ہو جائے۔ تعلیم یافتہ لوگوں کی انھیں بہت ضرورت تھی اور اقبال تو ڈاکٹر تھا۔ ایک دن علی بخش باتوں ہی باتوں میں اقبال کو اپنے ٹھکانے پر باقی ساتھیوں کے پاس لے گیا۔ اقبال کا ان لوگوں کو بھی وہی جواب تھا۔

"تم لوگوں کی ان حرکتوں کی وجہ سے کشمیری عوام ہر جگہ شک کی نگاہ سے دیکھے جانے لگے ہیں۔ شرافت اور امن سے زندگی گزارنا مشکل ہو گیا ہے۔ تم اپنا ہی نقصان کر رہے ہو، تم اپنی ہی آگ سے اپنا گھر جلا رہے ہو۔"

کافی بحث کے بعد بھی اقبال نے ان کی بات کو تسلیم نہیں کیا اور وہاں سے چلا گیا۔ اقبال کے چلے جانے پر اس گروہ کے سردار نے علی بخش سے کہا:

"ایسے لوگ ہماری زمین پر زندہ نہیں رہنے چاہئیں۔ ایسے ہی لوگ ہمارے مقصد کو کمزور کرتے ہیں۔ علی بخش اسے خاموش کرنے کی ذمہ داری تیری ہے۔ ہمارا مقصد جذبات اور رشتے نہیں دیکھتا۔"

علی بخش کو جب اس کام کے لئے بھیجا گیا تو اس نے اپنے اندر اتنی ہمت نہیں پائی کہ اپنے بچپن کے دوست اور بھائی کو ختم کر سکے۔ لیکن علی بخش پر نظر رکھنے والے اس کے ایک ساتھی نے اقبال کو تنہا جاتے ہوئے دیکھ کر گولی چلا دی۔

------ جنازہ اب بھی صحن میں رکھا ہوا تھا۔ زبیدہ اسی طرح روتی ہوئی عورتوں کے درمیان بیٹھی ہوئی تھی۔ وقت کافی گزر چکا تھا۔ لوگوں نے جنازہ کو اٹھانے کی اجازت چاہی۔ زبیدہ جنازہ کو ٹکٹکی باندھ کر دیکھ رہی تھی کہ بھیڑ میں سے علی بخش اور اس کا ساتھی جنازے کی چارپائی کو اٹھانے کے لئے آگے بڑھے۔

انھیں دیکھتے ہی زبیدہ چیخ کر جنازے کی طرف دوڑ پڑی۔

"رک جاؤ۔ چارپائی کو ہاتھ مت لگانا"

سب لوگ حیران وپریشان ہوئے۔ سب کی آنکھیں کھُلی کی کھُلی رہ گئیں۔

زبیدہ خوفناک آنکھوں سے چاروں طرف دیکھ رہی تھی۔ تبھی اس نے پاس کھڑے ہوئے ایک سپاہی کی کمر سے پستول نکالی اور اندھادھند علی بخش اور اس کے ساتھی پر گولیاں چلادیں۔ اور یہ کہتی ہوئی اقبال کے جنازے کی چارپائی کے پاس گر گئی۔

"یہی میرے بچّے کے قاتل ہیں۔ یہی میرے بچے کے قاتل ہیں۔"

***

www.ingramcontent.com/pod-product-compliance
Lightning Source LLC
LaVergne TN
LVHW010841051026
849532LV00007B/2780
* 9 7 8 9 3 6 9 0 8 9 5 7 4 *